泉岳寺周辺略図
古川町
古川
通新町
横新町
芝田町
薩州蔵屋敷
功運寺
永松町
元札辻
豊岡町
東海道
黒鍬組屋敷
三田八幡神社
魚籃坂
三田北代地町
魚籃観音
大円寺
三田台町
伊皿子台町
伊皿子坂
細川越中守
屋敷
大御番組
車町横町
高札
代地
樹木谷
下高輪台町
縄手道
長應寺
車町
高輪大木戸
三田南代地
泉岳寺
(赤穂四十七士の墓)
泉岳寺門前町
木戸番小屋
如来寺
大仏
二本榎町
太子堂・庚申堂
高輪北町
高輪
白金猿町
高山稲荷
御用地
品川台町
松平大和守
屋敷
品川歩行新宿一丁目
御台場
品川歩行新宿二丁目
猟師町
善福寺
御殿山
大崎村
品川北本宿
北馬場町
目黒川
品川橋
品川南本宿
北
東
南
西

光文社文庫

文庫書下ろし／傑作時代小説

魚《ぎよ》籃《らん》坂《ざか》の成敗

新・木戸番影始末㈡

喜安幸夫

光　文　社

この作品は光文社文庫のために書下ろされました。

目次

江戸市中略図
日光御成街道
駒込
日暮里
小塚原
日本堤
新吉原
隅田川
寺島村
長命寺
中山道
白山
根岸
寛永寺
東叡山
猿若町
竹屋之渡し
雑司ケ谷
護国寺
大塚
御薬園
小石川
本郷
東本願寺
浅草寺
吾妻橋
小梅村
源森川
業平橋
不忍池
雷門
竹町之渡し
傳通院
江戸川
高田馬場
下谷広小路
新堀川
浅草駒形堂
御蔵前通り
早稲田村
牛弁天
神田明神
御徒町
大川
北割下水
牛込
神田川
湯島
昌平橋
外神田
向柳原
石原町
本所
水道橋
表猿楽町
神楽坂
牛込
御米蔵
御竹蔵
浅草橋
番町
田安御門
雉子橋御門
一橋御門
筋違橋
神田橋御門
内神田
柳原土手
両国橋
両国広小路
回向院
南割下水
二ツ目之橋
三ツ目之橋
亀戸村
市谷
米沢町
薬研堀
一ツ目之橋
竪川
御材木蔵
小伝馬町
大伝馬町
横川
四谷
四谷
常盤橋御門
葺屋町
新大橋
北町奉行所
千代田城
半蔵御門
小名木川
左門町
忍町
麹町
万年橋
深川
西之御丸
日本橋
数寄屋町
江戸橋
日本橋川
仙台堀
平河町
組屋敷
八丁堀
南町奉行所
永代橋
富岡八幡宮
千日坂
赤坂御門
外桜田御門
元赤坂町
永田町
虎之御門
新シ橋
京橋
楓川
八丁堀
霊岸島
木場
千駄ケ谷
木挽町
幸橋
越中島
溜池
三十間堀
西本願寺
石川島
洲崎
愛宕下
氷川明神
土橋
汐留橋
佃島
芝口橋
青山原宿町
新下谷町
東海道
神谷町
増上寺
渋谷川
六本木
濱御殿
中之橋
赤羽橋
飯倉片町
金杉川
渋谷村
麻布村
善福寺
一ノ橋
将監橋
金杉橋
芝
江戸湊
下渋谷村
二ノ橋
三田町
麻布広尾町
古川町
上目黒村
天現寺
三ノ橋
薩州蔵屋敷
渋谷広尾町
古川
四ノ橋
麻布
泉岳寺
泉岳寺門前町
袖ケ浦
白金
目黒川
下目黒村
御殿山
次頁拡大図
品川北
大崎村
品川南
桐ヶ谷
北
東
南
西

気になる縁談

一

「さあさあ。きょうも稼《かせ》いでいきなせえ」

「おうおう。毎日ありがたいねえ」

木戸番人の杢之助《もくのすけ》が木戸を開けながら言えば、朝の棒手振《ぼてふり》たちが一斉に街道から泉岳寺門前《せんがくじもんぜん》通りの坂道に入って来る。

まだ日の出まえである。海辺の東海道《とうかいどう》にも門前通りの坂道にも、往来人が行き交うまえのひとときた、木戸が開くと同時に活気がながれるのは、もうすっかり泉岳寺門前町《もんぜんちょう》の朝一番の風物詩になっている。

天保《てんぽう》九年（一八三八）盛夏の皐月《さつき》（五月）に入ったばかりの一日だった。

「木戸番さんも、いつまでもこのまま元気にお願《ねげ》えしまさあ」

杢之助に声をかける棒手振もいる。

そうした朝の挨拶《あいさつ》のなかに、他意《たい》はないが、

「あしたも無事にいてくれろな」

などと言う者もいる。

そのとき杢之助は人知れず、ハッとする思いを押し殺すのもまた、いつものことだった。杢之助にとって、〝無事に〟という言葉が胸に刺さる。その〝無事〟を願って、影走りをすることもあるのだ。

きょうも杢之助は、ドキリとした思いを抑《おさ》え、

「ああ、おめえさんもなあ」

返し、坂道を上る棒手振の背を見送った。

町の住人が朝の支度《したく》にかかる短い時間が、一日の書き入れ時である豆腐屋《とうふや》や納豆《なっとう》売《う》り、しじみ売りなどの棒手振たちは、木戸が開くと同時に商《あきな》いに入る。それが泉岳寺門前町では、日の出まえに、海の波音へ木戸を開ける音が混じるなど、この上なくありがたいことなのだ。

棒手振たちの売り声が坂の門前通りから他の町に移ったころ、町の家々のかまどや裏庭の七厘《しちりん》から、朝の煙が立ちのぼりはじめる。

街道に面した木戸番小屋の横が、狭い広場というより空き地になっている。泉岳

寺門前町が差配《さはい》する駕籠溜《かごだま》りだ。空き地の奥に長屋がひと棟立っており、四、五組の駕籠舁《かごか》き人足《にんそく》が寝泊まりするというより住みついている。

門前町で権助駕籠《ごんすけかご》と呼ばれている権十《ごんじゅう》と助八《すけはち》は、駕籠溜りの古参のひと組に数えられ、夕刻近くに帰って来ては杢之助の木戸番小屋でひと息入れ、その日町場で拾ってきた出来事やうわさ話をひとしきり披露《ひろう》してから奥の長屋に戻るのが、一日の締めくくりとして日課のようになっている。

杢之助が泉岳寺門前町の木戸番小屋に入った匆々《そうそう》に、浪打《なみうち》の仙左《せんざ》が係《かか》り合《あ》う事件に翻弄《ほんろう》されたが、そのときから権十と助八は、杢之助の目となり耳となった。

きのうも日の入りまえに息せき切って戻って来るなり、

「――辻斬《つじぎ》り、辻斬りだぜ。それも伊皿子台《いさらごだい》だ」

と、権十は声を上げた。

杢之助は驚いた。伊皿子台といえば、泉岳寺の北側にあたり、すぐ近くだ。

訊《き》けば、数日まえのことらしい。夜更《よふ》けてから客を乗せた町駕籠が伊皿子台を通りかかり、抜刀した男に襲《おそ》われたという。

町駕籠といえば、権十と助八たちの同業になる。辻斬りなどというのは一度発生すれば、近くの場所で連鎖して起こりやすいものだ。伊皿子台で発生したなら、泉岳寺門前町で発生してもおかしくない。

杢之助は詳しく訊こうとしたが、権十と助八が聞いたのはそれだけだった。それらしいのが現れたのか、実際に斬られた者がいるのか、非道《ひどう》な武士の試し斬りだったのか、物盗《ものと》りだったのか、仕掛けたのは一人かそれとも複数だったのかさえはっきりしない。

これが権助駕籠でなくても駕籠溜りの駕籠なら詳しく訊けようが、どこか他所《よそ》の駕籠舁きで、権十と助八は又聞《またぎ》きのまた又聞きのようで、日付けさえはっきりせず、まったく大まかなのだ。

だから杢之助にはいっそう、警戒すべき気になる話に思えてならない。ともかく不気味なのだ。

そのような杢之助の心境を知ってか知らずにか、

「おう。きょうもなにかおもしれえ話、拾ってくらあ」

前棒《まえぼう》の権十が言いながら木戸番小屋の前を通り過ぎたのへ、杢之助は急いで下駄《げた》をつっかけ外に飛び出て、

「きのう聞いた話のつづきもなあ」

と、声をかけた。

後棒《あとぼう》の助八が木戸を出たところでふり返り、

「ああ、聞いておかあよ」

首だけふり返らせた。

あとは、

「えっほ」

「ほいっさ」

駕籠は高輪大木戸《たかなわおおきど》のほうへ向かった。大木戸の広小路で客待ちをするようだ。

向かいの茶店の日向亭《ひゅうがてい》から女中が出て来て、縁台を外に出しはじめた。

「やあ、精が出るねえ」

「はい。木戸番さんも」

声をかけると、十代の若やいだ声が返って来る。お千佳《ちか》といい、杢之助にことさら親切で、親近感さえ抱《いだ》いているように思われる。

陽は東の水平線を離《はな》れたばかりで、この時分には門前町の通りにまだ参詣人の姿はないが、街道には旅姿の急ぎ足がけっこう出ている。品川《しながわ》方面に向かう者は、いましがた高輪大木戸を出たばかりだろう。江戸府内から高輪大木戸を抜ければ、街道の片側がいきなり袖ケ浦《そでがうら》の海浜となり、吹く風も波の音とともに潮風になる。旅

に出る者は、この高輪大木戸を抜けると、

（さあ、江戸を出た）

との思いになり、足にいっそう力が入る。

逆に品川宿を抜け袖ケ浦に沿った街道に歩を踏み、高輪大木戸を入ると、これまで片側が海だったのが、いきなり往還《おうかん》の両脇とも家々が立ち並んだ町場になる。そこで旅人は、ようやく江戸に入ったとの思いになる。杢之助は飛脚時代、その思いを幾度《いくど》も味わってきた。

この朝の時分に泉岳寺前を経て高輪大木戸に入る旅姿は、ようやくあとすこしでお江戸というところで夜になってしまい、仕方なくひと晩を品川の旅籠《はたご》に過ごし、朝になってからわらじの紐《ひも》を締めなおしたのだろう。それが足の速さにあらわれている。

木戸番人の仕事は日の出に木戸を開けると、あとは暇《ひま》だ。朝早くに道を尋ねに来る者もいない。茶店も縁台を外に出したものの、早朝から座って茶を飲む者もいない。互いに暇なのか、日向亭のお千佳が、

「木戸番さん、よかったら座ってお茶でも飲んでいきませんか。奥で、もう沸《わ》いていますから」

杢之助に声をかけた。花模様の前掛けに明るい色のたすきをかけた茶汲み女の姿がかわいらしい。駕籠溜りの人足たちもよく座っていく。もちろん泉岳寺の門前通りの入口で一体となっている木戸番人や駕籠舁きたちから、お茶の代金を取ったりはしない。

「では、ちょいと街道のながれでも見物させてもらいましょうかのう。よっこらしょっと」

と、いかにも年寄りじみた仕草で、出されたばかりの縁台に腰を据えた。

実はその足腰は達者で、しかもなにやら秘めた技《わざ》まであることを、日向亭の亭主翔《しょう》右衛《え》門《もん》は、浪打の仙左の事件でうすうす気づいている。だからいっそう、町内では歳《とし》相応の老いた爺さんの印象をつくらねばならないのだ。

「ちょっと待ってくださいね。すぐ用意しますから」

と、お千佳が店のなかに駈け込んだところへ、

「あらあら。杢之助さん、ここでしたか。日向亭さんの用事がすめば、ちょいと寄ってみようと思ってたんですよ」

門竹庵《もんちくあん》のお絹《きぬ》が、坂道を下りて来た足を縁台の前でとめた。小さな風呂敷包みを大事そうに抱えている。

「朝からお店《たな》の用かい。精が出るなあ。なによりだ」

李之助がいたわるように言ったのへお絹は、

「お仕事よりも、李之助さん。聞いていませんか。ほら、そこの播磨屋《はりまや》さんの縁談のことですよ」

「播磨屋の縁談？　あそこにそんな年ごろの娘さん、いなすったのかい」

と、李之助は木戸番人とはいえ入ったばかりで、町内の住人の家族にまではまだ精通していない。

「いるんですよ、それが」

と、お絹は言いながらおなじ縁台に腰を下ろし、李之助のほうへ上体を向けていた。門竹庵の仕事の用なら番頭か手代《てだい》が来るはずだが、あるじ細兵衛《さいべえ》の妹のお絹がわざわざ来たのは、李之助に相談したい出来事《しゅったいじ》でも持ち上がったようだ。

娘のお静《しず》の手を引き、盗賊に命を狙われながら、所帯を持っていた小田原《おだわら》から実家のある高輪の泉岳寺門前町まで帰りつけたのは、ひとえに李之助のおかげである。四十路《よそじ》のお絹にとって、兄の細兵衛を除いては李之助ほど頼りになる人物はいないのだ。

その道中でお絹は、李之助になにやら秘めた技《わざ》のあることに気づいている。だがお絹はそれを、誰にも言ってはならないことのように、胸の奥底にしまい込んでいる。

実際に李之助は道中で、一撃で人を斃《たお》す必殺の足技を幾度か繰り出し、お絹とお静の母娘を護《まも》った。だがお絹もお静も、その現場を見ていない。見られないように、李之助は特段の注意を払っていたのだ。

李之助とおなじ縁台でお絹は語る。

「縁談のお相手は、お武家さんらしいんですよ」

「旅籠《はたご》の娘がお武家に？」

李之助は問い返した。

「そうなんです。黒鍬組《くろくわぐみ》のお人だから、それほど雲の上の人でもなく、お屋敷も遠くはないので、もう会えなくなるといったようなことはないんですが……。兄の細兵衛が心配していましてねえ」

「えぇえ！」

李之助は縁台に座ったまま、驚きの声を洩らした。

江戸城黒鍬の者が住まう屋敷は、伊皿子台から北方向に延びる魚籃坂《ぎょらんざか》を下った一帯に広がっている。なるほど会えなくなるどころか、すぐ近くで敷居も低い。

辻斬りの現場からも近い。その辻斬りの真偽がはっきりしないうちに、黒鍬の者との縁談……。理由はないが、そこになにかしら不吉な驚きを感じたのだ。それがなぜだか分からない。いま木戸を出て高輪大木戸のほうへ向かった権助駕籠を追いかけ、辻斬りの話を詳しく聞き込んでおいてくれと念を押したい衝動に駆られた。

もちろん、実際に追いかけたりはしない。念を押す、具体的な理由がないのだ。ただもちまえの勘だけでは、逆に不審がられるだけだろう。

黒鍬の者との縁談に、泉岳寺門前町の町役総代である門竹庵細兵衛が首をかしげるのに、杢之助はいくらか理解できた。

店の中から、

「あ、やっぱり門竹庵のお絹さんでしたね。お声が聞こえましたもので。ほら、お茶も二人分」

と、お千佳が盆に二人分の湯呑みを載せて出て来た。

「まあ、これは気が利（ほ）くこと」

お絹はお千佳を褒め、盆ごと受け取り縁台の上に置いた。

二

黒鍬組は別名を〝黒鍬の者〟といわれ、怪しげな御庭番《おにわばん》のような職名だが、江戸城内の清掃などを役務《やくむ》とする、裃《かみしも》の着用も許されない下級武士である。俸禄《ほうろく》は五十俵ほどで暮らしは楽ではない。将軍家直属ではあるが直参旗本《じきさんはたもと》の下に位置づけられ、微禄《びろく》で将軍への御目見得《おめみえ》を許されない御家人《ごけにん》である。

泉岳寺から北西方向に向け、伊皿子坂《いさらござか》という急な上り坂が延びている。一帯は町場で、上り切ったあたりが伊皿子台町《いさらごだいまち》といって、袖ケ浦をはじめ江戸湾が一望のもとに見渡せる景勝の町場である。そこから往還《おうかん》はゆるやかな下り坂になる。魚籃坂といった。その魚籃坂を下った西手一帯に、黒鍬の者たちの拝領屋敷が広がっている。

お絹が〝雲の上の人でもなく、もう会えなくなるといったようなことはない〟と言ったのは、こうした相手の身分の高くないことと、距離的な近さにもよるが、もう一つ理由があった。

武家屋敷といえば白壁に豪壮な門構えの、町衆《まちしゅう》には近寄りがたい印象があるが、すべての武家地がそうとは限らない。とくに魚籃坂下に広がる黒鍬組の組屋敷一帯はそうで、町衆には親近感さえ感じられる。

俸禄が五十俵程度の武士が拝領する屋敷は、一家族二百坪にも満たない。白壁などなく、門構えも柱を組み合わせて観音《かんのん》開きの板戸を組み込んだ冠木門《かぶきもん》で、周囲は板塀である。

それでも武士の拝領した住まいは、すべて〝屋敷〟と言いあらわされるから、屋敷は屋敷なのだ。

そうした組屋敷の多くは、敷地内の道路側に小ぢんまりとした長屋を建てている場合が多い。奉公人のためではなく、貸家にして町衆に貸しているのだ。だから一帯は武家地といっても、武士と町人が混在する地となっている。なるほどお絹が言ったように、格式には関係なく、いつでもふらりと簡単な手土産でも持って会いに行けそうだ。

このように下級武家と町家との垣根があいまいになった天保の時代、武家が町場の商家から嫁を迎えるのなど、珍しいことではなくなっている。もちろん武家にすれば、商家の娘についてくる持参金が目当てで、それでひと息つける武家屋敷が少なくないのだ。

門竹庵細兵衛は、町内の播磨屋と黒鍬の者との縁談に、妹のお絹までが心配になるほど行く末を案じている。元盗賊仲間の清次《せいじ》がいつも言っていたように、細兵衛旦那の、

（取り越し苦労？）

杢之助はふと思った。門竹庵細兵衛は泉岳寺門前町の町役総代であり、播磨屋の亭主武吉《ぶきち》は、いま杢之助が腰を下ろしている日向亭の亭主翔右衛門とともに、町役の一人なのだ。そこから推《お》していけば、おなじ町役仲間としての、お節介《せっかい》な〝取り越し苦労〟かも知れない。

播磨屋には年ごろの娘が二人いる。ことし十七歳のお紗希《さき》と十五歳のお紗智《さち》で、姉のお紗希は町内でも評判の器量よしで、妹のお紗智は算盤《そろばん》達者なしっかり者との評判だ。播磨屋の女将《おかみ》である母親はお紗枝《さえ》といい、娘の名は二人とも母親の名前から取っている。そこからも分かるように、旅籠であれば経営《きりもり》は女将の手にあり、父親の武吉は名前こそ厳《いか》めしいが奥に控えているだけで、おもてには出て来ない。それでうまく行っているのだ。町内では、

「――姉のお紗希ちゃんを然《しか》るべき家柄へ嫁にやり、妹のお紗智坊に婿《むこ》を取れば、播磨屋さんはもう行く末なんの心配もいらぬ」

と、言われているらしい。

お絹が兄の細兵衛から聞いた話では、最初は細兵衛も女房のお久《ひさ》も、播磨屋の縁談を聞いたとき、もろ手を挙《あ》げて喜んだという。なにしろ相手は御家人とはいえ、歴《れき》とした将軍家直属の武家である。

その相手は、黒鍬組組頭《くみがしら》の家柄で、斎藤重郎次《さいとうじゆうろうじ》といった。ことし二十五歳で、病弱で隠居した父親に代わり、組頭の家督を継いだばかりだという。

俸禄は一般組下の五十俵の倍の百俵、つまり百石《こく》取りの武家である。百石取りといえば聞こえもよく、組頭は裃の着用も許されている。というより、着けなければならないのだ。つまり、組頭の体面を保たねばならない。内所《ないしょ》は五十俵、六十俵の組下の者よりきついのだ。

そうした武家ではなおさら裕福な商家から嫁をもらい、ひと息入れたいところであろう。

門竹庵細兵衛はそうした事情を百も承知で、

「――まあ、いい縁談じゃないか」

と、言っていたという。

ところが最近になって、

「兄《あに》さんたら、なんとか破談に持ち込めないかなどと言い出すんですよ」

と、お絹は言う。

町役総代の門竹庵細兵衛が言うのだ。

「また、どうして。儂《わし》も百石、二百石に満たないお武家の台所が苦しいことは知っているが、悪い話だとは言えねえんじゃねえのかい。ま、他人《ひと》さまのことを簡単に言うことはできねえが。で、細兵衛旦那がそう言いなさるには、相応の理由がありなさるはずと思うが、旦那はなんと？」

「それがまた、いい加減なんですよ。オレの勘だ……などと」

と、お絹も首をかしげる。

このような内輪《うちわ》の話をするのに、往還に出した縁台は場所がまずい。だが、まだ朝のうちで街道に人の往来はあっても、門前通りは閑散としているのがさいわいだった。

〝勘〟だなどと、細兵衛はお絹に詳《くわ》しくは話していないようだ。材料がないのでは、杢之助もどう判断していいか分からない。杢之助のほうこそ、播磨屋の縁談にちょいと引っかかるものを感じたのが、いわゆる〝勘〟だったのだ。

そこへ、

「お絹さん、やっぱり来てなさったか。さっきから声が聞こえていましてな。播磨屋さんの縁談のことらしいが、私からもそれを木戸番さんに話してみようと思っていたのさ。ちょうどよかった。ここじゃなんだから……」

と、日向亭翔右衛門は店の中ではなく、杢之助の木戸番小屋のほうを手で示した。なにか知っているようだ。しかもその件について、なにやら杢之助と話したいようだ。翔右衛門は細兵衛以上に、杢之助をただの老いた爺さんであるはずはないとみているのだ。

(いかような話が出て来る)

杢之助は関心を強め、

「さようですかい。それじゃ狭い所で申しわけありやせんが」

と、飲みかけの湯呑みを盆に戻し、腰を上げた。町役である日向亭翔右衛門に、木戸番小屋の狭くむさ苦しいことなど謙遜《けんそん》できない。木戸も木戸番小屋も、町役たちの出資で運営されているのだ。これが府内なら、自身番も町の費用で賄《まかな》われている。だから〝自身番〟というのだ。

お絹も腰を上げ、盆を木戸番小屋に運ぼうとすると、お千佳が走り出て来て、

「あ、あたしが。すぐ新しいのをお持ちしますから」

お絹から盆を受け取り、奥へ駈け込んだ。よく気の利く女中である。三人が六畳間のすり切れ畳に鼎座《ていざ》に端座したところへ、お千佳が追うように三人分の湯呑みを盆に載せて来て、

「ごゆるりと」

と、鼎座の真ん中に置いた。〝ごゆるりと〟など、まるで木戸番小屋を日向亭の離れのように言う。日向亭もこの木戸番小屋の運営の一翼を担っているとなれば、そのほうが杢之助も落ち着ける。ましていまは、亭主の翔右衛門が来ているのだ。

三人が運ばれたばかりのお茶をひとすすりし、

「実はねえ」

と、言いはじめた翔右衛門に、杢之助とお絹は視線を集中した。

「黒鍬組の斎藤さまとの縁談が播磨屋さんにあったのは、もう一月《ひとつき》以上もまえのことでしたじゃ」

と、言うから、まだお絹が杢之助に護られて、実家の門竹庵に戻るまえの話になる。お絹が門前町を離れたとき、播磨屋にはお紗希もお紗智もまだ生まれていなかったころで、お紗希に縁談と聞いても、お絹にはぴんと来ないはずである。

翔右衛門はつづけた。

「播磨屋さんの縁談のお膳立てに手を貸しましてな。あとになってこりゃまずいと思い、秘かに破談にできないかと門竹庵さんに相談したのも、この私でな」

「えぇえ」

お絹が驚きの声を上げた。なるほど、人通りがまだなくても、このような話など往還に出した縁台ではできない。

三

縁談にはまず仲立《なかだち》が両家を行き来する。その役には、町医者か手習《てなら》い処《しょ》の師匠など、その町に定着し信頼のある者が相談される場合が多い。もちろん、相応の謝礼は出る。黒鍬組斎藤家との縁談を泉岳寺門前町の播磨屋に持って来たのは、魚籃坂下の町医者だった。

斎藤家では代替わりを機に、年ごろの娘がいる裕福な商家はないか、と日ごろ世話になっている町医者に依頼したのだろう。町医者は医者仲間や患家《かんか》に話し、それで泉岳寺門前町の播磨屋に行き着いたようだ。このとき木戸番小屋に杢之助がいたなら、まっさきに町医者の内儀《ないぎ》あたりが身上調査に声を入れていただろう。そのころ門前町の木戸番小屋は無人だった。

魚籃坂下の町医者の内儀が訪《おとな》いを入れたのは日向亭で、受けたのが女将、つまり翔右衛門の女房のお松《まつ》だった。お松も、器量よしのお紗希が武家に嫁《とつ》ぎ、しっかり者のお紗智が婿を取れば、播磨屋にとってこの上ないことだと思い、町医者の内儀にお紗希をしきりに売り込んだ。

話は進んだ。この時代でも、町家にあっては婚姻で一番大事なのは、両家のつり合いと、当人たちの思いだった。いきなり婚礼に至るのではない。まず二人の目見《めみ》得《え》から始まる。そこに日向亭が合力《ごうりき》したのだ。

まず男の斎藤重郎次が仲立の町医者と連れ立って泉岳寺参詣を名目に日向亭の往還に出している縁台に陣取り、お茶を飲んでいる。そこへ播磨屋武吉とお紗枝に付き添われた娘のお紗希が、他所から帰って来たかたちで、街道から日向亭の前をゆっくりと歩《あゆ》み、門前通りの坂道に入る。このわずかなあいだに、互いに相手を確認する。

「私もこの目見得を暖簾《のれん》の中から見ておりましてな、斎藤重郎次どののを見たのもそのときが初めてでしたわい」

「で、どうでした」

お絹が端座のまま、上体を前にかたむけた。

こんな話は女のほうが興味を持つものだ。

翔右衛門は応《こた》えた。

「重郎次どのは二本差しで裃を着けていなさって」

「それで？」

と、お絹は急《せ》かすように問いを入れた。

「それがまた、男の私が言うのもなんですが、役者にしたいような、のっぺりとした顔立ちの優男《やさおとこ》でしてな」

「まあ」

お絹は声に出した。

杢之助は、

(役者のようないい男……か。ならば、身持ちはどうかな)

と、穿《うが》った見方をし、無言で翔右衛門の顔を見た。翔右衛門も素直には受け取らず、穿った見方をしたようだ。

またお絹が問いを入れる。

「で、お紗希ちゃんはどのように？」

「ボーッとして、頰《ほお》を赤らめておったわい」

突き放すような言いようだ。

目見得は、このあとが肝心である。

男のほうがその娘を気に入れば、そっと扇子《せんす》を仲立に渡す。

仲立はその扇子を手に、さきほど通り過ぎた娘と両親を追いかけ、さりげなく娘に扇子を差し出す。両親の目の前だ。そこで娘が扇子を受け取れば、その瞬間に婚約が成立したことになる。

お紗希はうつむいたまま、扇子を受け取ったという。

「そのとき使われた扇子が、お絹さん、おまえさんとこの扇子でしてな」

「それは、それは。でも、よかったじゃないですか。それをどうして兄の細兵衛はつぶそうなどと。余計なお世話じゃないですか」

「いや、お絹さん」

翔右衛門は言う。

「私の感想を、相談する意味もありましてな、門竹庵さんに話しましたのじゃ。町内の町役仲間のことでもありますからなあ」

「どのように」

聞き役にまわっていた杢之助が問いを入れた。

翔右衛門は杢之助に視線を合わせ、

「そのときの重郎次どのの表情を、私は見てしまいましたのじゃ」

「向こうさまの表情って？」

お絹も問いを入れた。

「重郎次どのは、お紗希ちゃんが縁台の前をゆっくりと歩を取りながら、顔を赤らめたのを見たはずですじゃ」

「ふむ」

杢之助はうなずきを入れた。

翔右衛門は言う。

「そのようなお紗希ちゃんを、当然だ、といったような……」

「つまり、その重郎次たらいう男は、てめえの優男ぶりを鼻にかけ、慢心《まんしん》している……と。そんな男に嫁いでも、女は仕合わせにはなれねえ……と」

「うちのお松も、そう申しましてな」

「そ、そうかも知れませんねえ。そんな男、許せませんねえ」

女の勘か、お絹も言う。

「仲立さんに便宜《べんぎ》を図《はか》ったこともあり、それがどうも気になりましてな」

翔右衛門はつづけた。

「ほれ、そこの駕籠溜りのお人らに、それとなく斎藤重郎次の名もだして、みょうなうわさ話などないか聞き込んで来てくれと頼みましたのじゃ」

「ほう」

駕籠舁きたちが出てきたことで、杢之助の関心はいっそう高まった。権十と助八も、翔右衛門から声をかけられたことだろう。

「すぐに分かりましたじゃよ」

「まあ、どんな」

お絹もさっきとは違った意味で、興味津々《きょうみしんしん》になってきたようだ。慢心した優男がどんなものか、そこへの関心である。

翔右衛門は吐き捨てるように言った。

「ありゃあよくない。下種《げす》だ」

杢之助もお絹も、その言葉を予測というより期待していたか、そろって得心のうなずきを入れた。

ともかく身持ちがよくないらしい。黒鍬組の組屋敷の娘たちはいつも重郎次のうわさに余念がなく、艶話《つやばなし》での揉《も》め事は一度や二度ではなく、それに百石取りにしては随分と羽振りがいいという。

「――女に貢《みつ》がせているのだ」

うわさは、なかば断定的に言っているらしい。駕籠屋の聞き込みではその裏まで取るのは困難だが、間違いはないだろう。

駕籠溜りに、重郎次を魚籃坂から増上寺《ぞうじょうじ》に近い水茶屋まで運んだ同業を知っているという仲間がいた。運んだのは他所の駕籠屋で、

「――いわくありげな水茶屋で、ありゃあ昼間から逢引《あいびき》に違《ちげ》えねえ。酒手《さかて》はたんまり弾《はず》んでくれたからよう」

同業は言っていたらしい。

「それで町場の持参金のありそうな娘と、しゃーしゃーと目見得をするなど、許せません。お紗希ちゃんにそのことは……?」

お絹は憤慨《ふんがい》したように言う。

「もちろんお節介を承知で、播磨屋さんに話しましたよ。町内の娘のためです」

「で?」

と、またお絹。

「播磨屋さんじゃ武吉さんもお紗枝さんも、重郎次どのの目見得のときのようすを気にしておいでてしてなあ。まあ、武家と町屋の娘との目見得はこんなものかと、懸念材料にはなるが、深くは考えないことにしているとのことでしたじゃ」

話にはつづきがあるはずと杢之助は思い、翔右衛門の表情から視線をはずさなかった。お絹も同様である。

果たして話はつづいた。

「駕籠屋の話をすると、武吉さんもお紗枝さんも心配しなさって、お紗希ちゃんにそのことを話したそうなのじゃ」

「それで、いかように」

と、お絹はますます興味を深めた。

翔右衛門は困惑した表情になり、

「目見得の日以来、お紗希ちゃんはもう〝重郎次さま〟ひと筋で、それなくしては夜も日も明けぬといったようすで、もらった扇子を宝物のようにし、他の者には触れさせもしない、と」

「門竹庵《うち》の扇子って、どの絵柄のものかしら」

「さすがは門竹庵さんの扇子で、造作《ぞうさく》も絵柄《えがら》もいいものですじゃ。したが、いまはそれどころじゃなく、お紗希ちゃんにどうすれば重郎次どのの、度を越した不謹慎ぶりを信じさせるかですじゃ」

「お紗希ちゃん、あたし、よく知りませんが。男の見栄《みば》えだけでそんなになってしまうなんて。それに、そんな男に嫁いでもろくなことはありません。杢之助さん、日向亭さん、方途は一つしかありません」

「どのような」

お絹が言ったのへ翔右衛門は返し、

「播磨屋さんの話じゃ、無理やり破談にでもしようものなら、お紗希ちゃん、その扇子を持って袖ケ浦へ飛び込むかも知れない、と。決して大げさではありません。それを播磨屋さんじゃ恐れて、しっかり者の妹のお紗智坊を姉のお紗希ちゃんに張り付けているとか」

「見た目だけでそんなになってしまう、お紗希ちゃんの分別のなさはともかく、女としてその心情、分かります」

お絹は言う。自分自身、十数年まえ、門竹庵の住み込みの竹細工職人との恋路を親にも兄の細兵衛にも反対され、駆け落ちまでしているのだ。だが、お絹の男を見る目に狂いはなかった。親や兄の反対理由は、門竹庵としてお絹を府内の商家に嫁がせ、商舗《みせ》の販路を拡大しようと図っていたからだった。

お絹が夫の忘れ形見のお静の手を引いて実家に戻って来たのは、小田原で盗賊に押入られ、請負《うけおい》の竹細工師だった亭主を殺され、顔を見たお静まで殺されかけたからだった。そこを助けたのがたまたま行き合わせた杢之助だったのだが、町の者は戻って来たお絹に同情し、駆け落ちを非難する者はいなかった。

そのお絹が言うのだ。

杢之助と翔右衛門は、お絹に視線を集中した。

杢之助にすれば、さきほど問題のありそうな縁談の話を聞いたときには、お紗希という娘は他所に嫁ぐのであって、泉岳寺門前町に放蕩《ほうとう》じみた婿が入って来るのではなく、いくらか安堵《あんど》をもって聞いていた。だが、話は深刻なようで、場合によってはこの町内で自害《じがい》騒ぎも起こりかねない。

いまでは、

(町に波風が起こっては困る)

と、以前を隠す木戸番人の心境になっている。

(目立つまえに、なんとか丸く収めねば)

翔右衛門とお絹を前に、秘かに思えてくる。

「お紗希ちゃん、まだ十七歳ですよねえ」

「ああ、そうじゃが」

お絹の問いに翔右衛門は応えた。

お絹は真剣な表情になっている。

「そんな年ごろの女がいったん想い焦がれたなら、もうなにを言っても無駄です。自分の想い以外、聞く耳を持ちません」

「だからお絹さん、いまこうして木戸番さんとあんたに相談を……」

「分かります。だからさきほど方途は一つしかないと申し上げたのです」

「ふむ」

翔右衛門はあらためて聞く姿勢をとった。

お絹はふたたび翔右衛門と杢之助に視線をめぐらせ、

「さっき翔右衛門旦那、おっしゃったじゃありやせんか。そこの駕籠溜りのお人らに斎藤家のうわさを集めてもらったって」

「ああ。それで重郎次どのの行状《ぎょうじょう》のよろしからぬことが判《わか》りましたのじゃ」

「そこです。聞くところによれば、その重郎次なる御家人さん、身のまわりの浮《うわ》ついた話をすべて清算し、お紗希ちゃんとの目見得に出てきたとは思えません。いまもよからぬ縁のある女はいるはずです。それを洗い出すのです。その事実を突きつけるのです。重郎次にではなく、お紗希ちゃんにです。事実を前にすれば、目も醒《さ》めましょう」

「それですじゃ。それを木戸番さんに頼めないかと思いましてな。本来の役目じゃのうて申しわけないが、木戸番さんは浪打の仙左のときには、私らの力の及ばぬ働きをなされた。こたびもそれを……。木戸番さんとつながりの深いお絹さんが口火を切ってくれたので、私も話しやすうなりましたじゃ」

お絹と翔右衛門の視線は、杢之助に向けられた。すでにこの二人には、年寄りじみた仕草をとっても通用しないことは分かっている。

だが町の住人にはあくまで、

(まったく目立たない、野原の枯れ葉一枚)

でいたいのだ。この町の木戸番小屋に入った日に発生した浪打の仙左の件は、なにしろ目の前でのことだったから、仕方がなかった。

杢之助は無言で聞いている。だがその脳裡《のうり》には、四角張った権十と丸みのある助八の顔がすでに浮かんでいた。

（儂《わし》が動くわけではない。この木戸番小屋に腰を据え、斎藤重郎次たらいう御家人のうわさをまとめるだけ。あとは他人《ひと》さまの縁談の話だ。口も手も出さねえ）

そのように思考した。まさか縁談相手の色事《いろごと》のうわさ集めで、必殺の足技をくり出す場面など、考えられないのだ。

それを胸に、口を開いた。

「ま、駕籠溜りのお人ら、仕事から帰《けえ》って来て往還の縁台じゃ、艶話《つやばなし》のうわさもしにくいってんなら、どうぞここを使ってくだせえ。儂が話を聞いて、その都度翔右衛門旦那に報告させてもらいまさあ」

「おぉう、木戸番さんがそのように本腰を入れてくれるのなら、私も安心できますじゃ」

「そう、杢之助さんなら」

翔右衛門が言えばお絹もつなぐ。二人とも杢之助になにやら大きな期待をしているようだ。具体的には、杢之助なら目となり耳となるのが駕籠溜りの人足たちだけでなく、車町《くるまちょう》の二本松《にほんまつ》一家にも話をつけ、耳目《じもく》の範囲を広げてくれるだろうと期待している。

もちろん日向亭翔右衛門は車町の町役も兼ねており、二本松の丑蔵《うしぞう》はよく知っている。だが門前町の茶店の亭主として、色恋沙汰のうわさ集めなど、丑蔵に頼みにくいのだ。その点李之助なら、浪打の仙左の件で丑蔵からも一目置かれ、

（なにかと話しやすいはず）

その思いが、翔右衛門の念頭にある。

二本松一家にわらじを脱いでいた浪打の仙左が、泉岳寺門前町に賭場《とば》を開帳しようとしたのを防いだ実績が、李之助にはある。李之助の影走りによってこそ成し得たことだが、翔右衛門は影走りのあったことを知らない。知っているのは、李之助が仙左を押さえ込んだという結果のみである。

（ともかくこの木戸番さんに頼めば……）

その印象を、翔右衛門が強く持ったとしても不思議はない。

それでもなお、一枚の枯れ葉でいたい李之助は、そうした期待を少しでも薄めようと、

「この話、あと一歩早《はよ》う聞きとうござんしたぜ。駕籠溜りのお人ら、さっき出払ったばかりで、頼むのはあしたからの仕事になりまさあ」

「あ、そういえばそうですねえ。ともかく、あしたからでも」

お絹が返した。

話に一段落ついた。お絹にすれば、兄の門竹庵細兵衛がなぜ播磨屋の縁談に介入しようとしていたかが解《わか》り、かつその解決策の一環に、杢之助を引き入れることができたのだ。ひと安堵といったところであろう。

「それじゃ杢之助さん、よろしゅうお頼みします。さっそく帰って兄の細兵衛にもこのことを話しておきます。きっとよろこぶでしょう」

と、腰を浮かし、持って来た風呂敷包みをまた大事そうに手に取り、三和土《たたき》に降りようとした。

翔右衛門が、

「あ、お絹さん。待ちなさいな」

呼びとめ、ふり返ったお絹に、

「その風呂敷包み、日向亭《うち》に用事で来たんじゃないのかね。このまえ注文した扇子の件で」

「あっ、そうでした。つい話が思わぬ方向に行ってしまったものですから。大事な用件、忘れるところでした」

言ってふたたび翔右衛門と向かい合うかたちに端座し、風呂敷包みを開いた。文《ふ》箱《ばこ》だった。開けると扇子の張り紙が数枚入っていて、それぞれに色合いも絵柄も異なっている。

高輪泉岳寺門前の門竹庵は、広く江戸府内にも知られ、その細工物を購《あがな》うためにわざわざ高輪大木戸を抜けて来て、そのついでに泉岳寺に参詣するといった人も少なくない。

竹を細かく割って扇子や提灯《ちょうちん》の骨を削り、組み合わせている。職人が幾人かいる裏手の作業場で完成品までつくり、絵師や書家まで抱えている。通りに面した商舗《みせ》にそれらの完成品をならべているが、商いとともに商品見本といった意味もある。それが泉岳寺の山門のすぐ前だから、門前町に色合いを添えるかたちになっている。あるじの〝細兵衛〟の名も、細工物の〝細〟から取った名で、門竹庵で代々受け継いでいる名である。

門竹庵は泉岳寺と款《かん》を結び、材料の竹は泉岳寺裏手の寺領の竹藪《たけやぶ》から採取しており、門竹庵の扇子には赤穂《あこう》浪士の霊がこもっているなどと言われ、それも門竹庵の売りの一つになっている。

「うーむ。迷うなあ」

と、翔右衛門は紙片を一枚一枚手に取って言う。日向亭ではこの夏の奉公人へのお仕着《しき》せの浴衣《ゆかた》はすでに柄《がら》が決まっているが、今年はそれに扇子を一握《ひとあく》ずつ添えることにし、それを門竹庵に発注した。その絵柄の見本をお絹は持って来たのだ。

「いまどきの若い娘は、どんな絵柄を好むのかなあ」

翔右衛門はつぶやき、四十路《よそじ》のお絹にちょいと視線を投げ、腰を浮かして片足を三和土《たたき》に下ろし、腰高障子からちょいと顔を出し、大きな声でさきほど茶を運んで来たお千佳を呼んだ。

「まあ、ずいぶんなことですねえ」

とは、お絹の言葉だった。

三和土に入って来たお千佳は、翔右衛門に言われて紙片を手に取り、

「まあ、どれもきれい」

と、女物には水仙《すいせん》の涼しそうな絵柄を選び、番頭や手代用の男物には渋い山水《さんすい》を選んだ。お千佳はそれだけで、すぐ店場へ戻った。

お絹も水仙の絵柄を手にとり、

「あたしもこれがいいと思っていたんですよう」

と、翔右衛門に視線を向け、風呂敷を包みなおし、

「では、さっそく。きょうは仕事以外にも、ここに来て胸の痞《つか》えが下りたようで、ほんによござんした。では杢之助さん、お願いしますね」

と、杢之助にも視線を向け、敷居をまたいで腰高障子を外から閉めようとしたのへ、

「ああ、お絹さん。そのまま、そのまま」

翔右衛門も腰を上げ、

「それでは木戸番さん、よろしゅうにな」

杢之助に言うと、お絹につづいて腰高障子の敷居を外にまたいだ。

「へえ。できることは精一杯に」

すり切れ畳の上から返した杢之助は、なにやら爽快《そうかい》な気分になっていた。お絹や翔右衛門が播磨屋の縁談に寄せる懸念は、決してお節介ではない。門竹庵細兵衛も含め、それぞれが心底《しんそこ》からお紗希を案じているのだ。

それにまた、扇子を選ぶにも翔右衛門はわざわざ若い女中に選ばせた。そのときのお絹とのやりとりも合わせ、日向亭の奉公人たちへ胸中で声をかけていた。

「おまえさんがた、いい奉公先に恵まれなすったなあ」

同時に、

(そういう町の木戸番、しっかりやらせてもらいまさあ。枯れ葉も風が吹きゃあ、ついあらぬ方向に飛んで行くこともありやすから)

李之助はすでに、駕籠溜りの権十や助八たち、それに二本松の若い衆らに斎藤重郎次なる御家人のよからぬうわさ集めを頼み、そこにまともな縁談に障《さわ》る話があれば、

（裏を取らなきゃならねえなあ）

と、みずから動くことも念頭にあった。

だがこのときはまだ、権十と助八から聞いた伊皿子台町の辻斬りを、魚籃坂下の組屋敷に近いことから気にはなったが、具体的に斎藤重郎次に関連付けることはなかった。辻斬りなどという物騒な話を、女の匂いがただよう優男に重ねるなど、絵になりにくい図柄ではあった。

四

木戸番小屋でじっと待っていても、うわさは入って来ない。権十や助八たちが戻って来るまで、まだたっぷりと時間がある。

（二本松一家の若い衆なら、駕籠屋とはまた違ったうわさ話が聞けよう）

李之助は思い、外に出て日向亭に声をかけ、街道を車町に向かった。門前町の木

戸を街道に出れば、北側がすぐ車町である。

袖ケ浦の浜に揚げられた船荷を江戸府内へ運ぶ荷運び屋が多く住み、町名は荷馬《にば》のほかにも牛車《ぎっしゃ》や大八車《だいはちぐるま》が多く行き交っていることに由来する。そのなかで二本松一家は、車町なればこその仕事を生業《なりわい》にし、泉岳寺門前町をはじめ周辺の町々からも重宝《ちょうほう》されている。

荷馬や牛車が多ければ、当然往還に落とすものも増える。それらを集めて乾燥させれば燃料になり、町の清掃にもなる。

高輪大木戸あたりでは、郷里で喰い詰めた者が江戸へ出ればなんとかなると東海道に歩を踏み、行き倒れる者が少なくない。かりに江戸府内へ入ったとしても、無宿者の日陰暮らしが待つだけである。

二本松一家を束《たば》ねる丑蔵もその一人だった。町の者に救われ、車町の坂道を上った町はずれに松の木が二本あり、それを柱に莚《むしろ》掛《が》けの小屋をつくって住みつき、竹籠《たけかご》を背負い自分で考案した挟み棒で牛馬糞《ぎゅうばふん》拾いをして天日で乾燥させ、町内の家々に売り歩いた。日銭《ひぜに》が稼げて町衆にも喜ばれ、それを世間が求めているとなれば、商《あきな》いとしても成り立った。

丑蔵はそれだけではなかった。自分に似た行き倒れを街道で見つければ二本松の小屋に連れ帰り、竹籠を背負わせた。無宿の溢《あぶ》れ者《もの》になるところを、寸前で救ってやったことにもなる。いまでは二本松を背景に粗末だが数人が寝泊まりできる家作も建て、常時五、六人の若い者を抱えて牛馬糞集めをさせ、二本松一家と呼ばれ、丑蔵は、車町はむろん泉岳寺門前町や高輪大木戸の界隈《かいわい》では〝二本松の親方〟と称《よ》ばれ、ちょっとは知られた顔になっている。四十がらみだから、一人でこの稼業を始めたのは三十歳前後のことになる。

木戸番小屋でその丑蔵の話を駕籠舁きたちから聞いたとき、

(稼業として成り立つ……、世間に必要な仕事だから……)

丑蔵に人の生き方を感じ、おのれの来《こ》し方《かた》を思い、人知れず背筋に冷たいものを走らせた。

手拭《てぬぐ》いで頬《ほお》かぶりをし、地味な縦縞《たてじま》模様の単《ひとえ》を尻端折《しりはしより》に、白足袋《しろたび》に下駄《げた》を履き、いくらか前かがみに歩を踏む姿は、どこから見てもしょぼくれた木戸番小屋の爺《じじ》イだ。昼間で町名入りの提灯は持たず、首から火の用心の拍子木《ひようしぎ》を提《さ》げていなくても、ひと目で木戸番人と分かるのは、白足袋である。江戸府内では町内の隠居の爺さんと間違われないように、木戸番人は季節に関係なく足袋は白と決められている。

その白足袋に下駄の歩を踏みながら、

「さすがよなあ」

低く声を洩らした。車町のある高輪界隈は、街道はむろん枝道に入っても、馬糞も牛糞も落ちていない。

　車町は泉岳寺門前町とおなじで、海に面した町場は、街道からすぐ急な上り坂になっている。

　一家の名の由来になっている二本松は街道からも見え、初めての者でもそれを目指せば迷うことなく行ける。

　まだ午前《ひるまえ》で、杢之助が訪《おとな》いを入れたとき、

「おぉう、これは泉岳寺の木戸番さんじゃござんせんかい。わざわざ来なすったとは、また二本松《うち》の若い者《もん》が門前通りで悪戯《わるさ》でも？　むさ苦しいところだが、まあ上がってくんねえ」

と、〝丑蔵〟の名にふさわしい大柄な身で玄関の板敷に立ち、奥を手で示す。実際、男所帯で家作自体からむさ苦しい。

　丑蔵が杢之助の来訪を、揉み手をせんばかりに迎えるには理由《わけ》がある。ひとまわり以上も異なる年齢差に、長幼《ちょうよう》の序《じょ》を取っているだけではない。

　二本松の若い衆に、読み書き算盤ができ、目端《めはし》の利く男がいた。浪打の仙左である。丑蔵は仙左を重宝していた。仙左の発案で、二本松一家が小ぢんまりとした賭場を開帳した。

町内の荷運び人足や高輪界隈の武家屋敷の中間《ちゅうげん》が客筋で、動く金子《きんす》も一文銭《いちもんせん》か四文銭《しもんせん》ばかりで、実にかわいらしい賭場だった。場所柄それ以上、派手になることはなかった。人足や中間たちにはちょうど息抜きの場となり、評判は極めてよく、丑蔵も荷運び屋の人足さんたちが喜んでいなさるなら……と、なかば定期的な開帳を許した。

ところが仙左は持ち前の器用さから、泉岳寺門前町に本格的な賭場を開こうとした。本格的な賭場など丑蔵は許さず、門前町の町役たちも困惑した。

その仙左を抑《おさ》え込み、開帳を断念させ、高輪界隈からも締め出したのが、新たに泉岳寺門前町の木戸番人となった杢之助だった。だが丑蔵は、杢之助がいかように浪打の仙左が高輪界隈を離れなければならないように仕組んだかを知らない。どんな手を使ったなどと、野暮《やぼ》なことを訊いたりはしなかった。ただ丑蔵は、

(――並みの爺さんじゃねえ。みょうな技のありなさる人)

との畏敬《いけい》にも似た念を胸に刻み込んだ。

もちろんそれは、杢之助の望むところだった。杢之助はあくまで、

（野原の枯れ葉一枚）

で、いたいのだ。

「いやあ、大《てえ》した用じゃねえが、ほれ、数日めえ、伊皿子台で辻斬りがあったってなあ。門前町《うち》の駕籠溜りのお人らの話じゃ、いまいちよく分からねえもんでな。二本松の若い衆なら、竹籠を背負って町々をながしていなさるから、詳しい話も聞けるんじゃねえかと思ってよ」

言いながら杢之助は丑蔵の手招きに従い、木戸番小屋とあまり違いがないすり切れ畳にあぐらを組んだ。まず伊皿子台の辻斬りから入り、そこから坂下の黒鍬組の話に入ろうと算段したのだ。一家の若い衆が、黒鍬組の屋敷地にも入っていると聞いていたからだ。そこから斎藤重郎次の話を持ち出すつもりだった。

「なんでえ、そんなことかい。さっき若え者《わけもん》がみな出払ったばかりで、茶も出せねえで申しわけねえ」

丑蔵は言いながら自分も杢之助と向かい合うようにあぐらを組み、

「ああ、あの辻斬りのやりそこないですかい」

「やりそこない？　どういう騒ぎなんでえ。ますます詳しく聞きたくなったぜ」

「木戸番さんなら用心のためもありやしょう。うちの若え者が、あの町の住人でたまた声だけ聞いたってえ人から聞いたらしいのよ」

「ほう、どんな」

李之助はあぐら居のまま、身を乗り出した。思ったとおり、駕籠舁き以上に詳しい話が聞けそうだ。

狙われたのは、駕籠の客だったらしい。

もう四日まえのことだという。伊皿子台の往還を、日暮れてから一挺の町駕籠が通りかかった。物陰から抜刀した黒い影が飛び出した。抜刀していたというのは、権十と助八も駕籠舁き仲間から聞いている。おそらく誇張ではない。辻斬りなどはまず相手を威嚇《いかく》し、震え上がらせることが肝要だ。体だけぬーっと出したのでは幽霊になる。


「――人殺しーっ」

「――ひーっ」

最初に聞こえたのは駕籠舁きの声だったという。

駕籠の客はおそらく、人の走り寄る気配で反対側に飛び出たはずだ。伊皿子台の住人は憔《しか》と聞いた。それを二本松の若い衆が当人から聞いたのだ。

辻斬りの声である。

「――やっ、男か！」

間を置かず、

「――許せ、人違いだっ」

辻斬りの遠ざかる足音に、

「おおい、駕籠屋。もうよい、出てまいれ」

「――へーっ」

武士らしい客の声に、離れた所から駕籠舁きの声がつづいたという。

「あははは。なにを狙ったのか知らねえが、駕籠の客が男だったから逆に逃げ出したなんざ、世も末だぜ」

丑蔵は嗤《わら》う。

ながれから推測すれば、辻斬りは相手の顔を見て人違いに気づいたのではない。駕籠舁きの小田原提灯が担ぎ棒に下げられていたのだろう。その灯《あか》りがあれば、顔は見えなくても男女の区別はつくだろう。辻斬りが狙ったのは、いかなる事情かは知らないが、女だったようだ。

そうした辻斬りのようすが判《わか》ったのは、杢之助には収穫だった。

丑蔵はさらに言った。

「人違《ひとちげ》えで、逆に逃げ出したってえ締まらねえ話さ。そのめえに、釣り舟の中に若《わけ》え女の死体が横たわっていたってえ話は、知っていなさるかい」

「えっ、釣り舟!?」

初耳である。というより、死体の見つかったのが釣り舟ということに、杢之助は心ノ臓がたかなるのを覚えた。仙左の事件のとき、釣り舟を策の道具として使ったのだ。

杢之助はすぐに落ち着いた口調を取り戻し、

「どんな事件だい」

「二十日《はつか》ほどめえさ」

「ほっ」

きのうきょうの話でないことに、杢之助はひとまず安堵を覚えた。二十日まえといえば、黒鍬組の斎藤家と播磨屋の目見得の十日《とおか》ほどあとになる。

「ま、釣り舟といっても、車町の漁師の持ち舟じゃねえし、たまたま二本松《うち》の若い者がホトケの顔を知っていたもので、事件の処理でちょいと係り合ってなあ」

丑蔵はつづけた。

二十日ほどまえの朝早くに、二本松の若い者が竹籠を背負い、挟み棒を手に高輪大木戸を入った。いつものように府内の田町《たまち》をながそうとしたのだ。この若者は蓑助《みのすけ》といって仙左に使嗾《しそう》され、仲間と泉岳寺門前町で悪戯《わるさ》をしようとして杢之助に抑え込まれた一人である。いまではそのときの仲間の嘉助《かすけ》、耕助《こうすけ》ともども、杢之助に畏敬《いけい》の念を抱《いだ》いている。

「ほう、あの蓑助が」

と、杢之助は声に出した。丑蔵も、嘉助ら三人と杢之助の係り合いを知っているため、話しやすかった。

蓑助はその日、大木戸の広小路に入ると、すぐ浜辺のほうが騒がしいのに気づいた。好奇心から行ってみた。浜辺に、櫂《かい》も棹《さお》もなくした釣り舟が一艘、打ち上げられていた。舟のまわりが騒がしいのは、中に武家の若い腰元風の死体が横たわっていたからだった。

すでに奉行所の役人たちが幾人か来て、女の身許《みもと》を知っている者はいないか、野次馬たちに質《ただ》している。近くで大きな武家屋敷といえば、海に面した薩州蔵屋敷《さつしゅうくらやしき》があり、すでに藩士と腰元が来て死に顔の面通《めんとお》しをしたが、

「――当家の奉公人に非《あら》ず」

ということらしかった。

奉行所の役人たちの言っているのが聞こえた。

「――さて、どうする。どう見ても武家の奉公人だ。背後から心ノ臓をひと突き。着物に乱れもない。俺たちの扱う事件じゃねえぞ」

「――大木戸の向こう側なら打っちゃっておくのだが。こちらの浜に上がっているからなあ」

などと、杢之助が聞けばホッと安堵の息を洩らしそうなことを言っている。

野次馬から、

「――おいおい、小僧。その竹籠、なんとかならねえかい」

などと言われながら、蓑助も舟の中をのぞき込んだ。町奉行所の役人が、野次馬のなかに知っている者はいないか、中をのぞかせて身許特定のきっかけを得ようとしていたのだ。蓑助も界隈《かいわい》の武家地をまわって牛馬糞を集めているから、各屋敷の中間や女中に重宝がられ、顔も知っているのだ。

「――あっ、これは」

知っている田町の武家屋敷の女中だった。

「——おまえ、知っているのか」

と、役人は飛びつき、すぐさまその場から、蓑助の言った屋敷に奉行所の小者が走った。間もなく屋敷から中間が走って来て、

「——間違いありません」

と、証言したという。夕刻時分、奥方の遣《つか》いに出てそのまま戻らず、屋敷では中間があちこちに走り、ちょっとした騒ぎになったらしい。

「殺されなすったお女中は気の毒だが、蓑助め、屋敷から人が来て死体を引き取るまで現場に留め置かれ、半日仕事にならなかったとぼやいていやがった。え、そのあとですかい。なにしろお武家のことでさあ。なにも伝わって来ねえ。奉行所のお役人らも、お武家が死体を引き取ると、それで一件落着でさあ。なにも調べようとしなさらねえ」

「ほう、そんな事件があったなんざ、ちっとも知らなかったぜ。お女中はほんとに気の毒だが、奉行所のお役人は、まっこと大木戸の外側なら、出張《でば》りもしなかったのかい」

やはり杢之助の気になるのはそこである。

丑蔵は言う。

「そりゃあそうでやしょう。お江戸のお役人が走りなさるのは、ご府内の町場の事件だけでさあ。ご府内でも武家地は手が出せねえ。それが奉行所のお役人てえもんさね」

実際このとき、杢之助は丑蔵の言葉に、

（こりゃあ江戸に近くても、大木戸の外に身を置いたのは間違《まちげ》えじゃなかったぜ）

と、秘かに思った。

その心中を覚《さと》られまいと、

「いやあ、きょうは辻斬りなどと物騒な話を訊きに来たんだが、本物の殺しを聞いちまったい。言っちゃあなんだが、殺しが大木戸の向こう側で、ひと安心よ」

「そりゃあよござんした。なんならその話、つづきがあるかどうか若え者《わけもん》らに訊いておきやしょうかい」

「ああ、門前町の通りをながすときにでも」

杢之助は軽い口調で言ったが、内心は辻斬りを仕掛けた標的が女で、釣り舟の死体も女だったことに、

（なにやらつながりが……）

漠然《ばくぜん》とだが、引っかかるものを感じた。

玄関口で丑蔵に見送られ、

(やはり二本松に来りゃあ、駕籠溜りと違ったうわさが聞けるわい)

思いながら、さきほど上って来た坂道を、こんどは街道に向かって下りに歩を取った。

五

まだ坂道である。

(いかん)

また思い、下駄に音を立てた。坂で下り道なら、自然のかたちで下駄に音を立てやすい。

杢之助の宿命である。ことさら大きな足音なら、すぐ人の気を引くだろうが、杢之助の場合はその逆だった。下駄を履いたその足に、音がない。

杢之助はそれを気にしている。飛脚のときの疲れを抑《おさ》える走法《そうほう》に、盗賊時代に培《つちか》った音無しの歩の踏み方が合わさり、それが自然のものになってしまったのだ。

その歩くようすを、心得のある者が見たならハッとし、

(忍び？　それとも公儀隠密《こうぎおんみつ》……)

などと、思うかも知れない。

だから、

(気づかれちゃならねえ)

と、故意に音を立てようとした。ぎこちない足の運びになってしまい、かえって人目を引くことになる。

仕方なく、自然にふるまうことにした。

だが、気にせずにはいられない。泉岳寺門前町でいまのところ、それに気づいた者はいない。お絹と娘のお静は杢之助と一緒に東海道に歩を踏んできたが、そのときは道中でわらじだったから、音無しは自然だった。門前町ではさいわい、そこに気づいた者はいない。

下り坂に音を立てて歩を踏むと、

(これが人並みなのだ)

と、ホッとしたものを感じた。

同時に、そこにまで気を遣わねばならないことに、

（因果《いんが》よなあ）

思われてくるのだった。

街道に出た。聞こえていた波音が一段と大きくなる。大八車も通れば荷馬の列も行き交う。町駕籠がかけ声とともに行く。そこへ頬かぶりで前かがみになって歩を踏む爺さんの足元に、気を配る者などいない。

そうした場に歩を踏むとき、杢之助は気をゆるめることができる。それこそ、街道に落ちた枯れ葉一枚になることができるのだ。四ツ谷左門町《よつやさもんちょう》の木戸番小屋は甲州《こうしゅう》街道に面していたし、両国米沢町《りょうごくよねざわちょう》では繁華な両国広小路に面していた。いまは東海道と泉岳寺門前通りに面している。奥まった静かな町中《まちなか》の木戸番小屋なら、端《はな》から入らなかったろう。

安堵を覚える街道に歩を踏みながら、それこそ取り越し苦労かも知れないが、武家奉公の女の死体、背後から刃物で一突き、しかも隠すのではなく、釣り舟の中に……。

（これこのとおり、女を一人殺《あや》めました）

と、他人に示しているようではないか。

それだけではない。

数日まえの辻斬り未遂だ。明らかに駕籠の中を女とみて襲った。あらかじめ武家屋敷の女中が夜更けてから外出し、伊皿子台を町駕籠で通りかかることを知っていて襲い、

(それが別の駕籠だった)

とすれば、その場の状況も納得がいく。

女ばかりを狙った……、しかも武家奉公の……。

そこまで推測を進めれば、

(二つの事件、関連があるのではないか)

考え過ぎかもしれない。

だが、音のない歩を踏みながら、芽生えた推測を払拭《ふっしょく》できなかった。一度芽生えた疑念は、解明しなければ気がすまないというより、不安に感じてつい影走りにまで進むのが、杢之助の困った性分《しょうぶん》である。それだけ杢之助は、日々を用心のなかに過ごしているのだ。

一歩一歩に憶測を重ねているうちに、足は門前通りに入った。

「あら、木戸番さん。お帰りですね。お客さまですよ。ここでしばらくお茶を飲んでらして、せっかくだからって坂上にお参りし、また来るって」

華《はな》やいだ声はお千佳だ。

「ほう。儂《わし》にお客人とは珍しい。どなたかな」

「お名前は知りませんが、ほら、木戸番さんが此処《ここ》へお入りになった日、一緒にいなさって、いつの間にかいなくなったお人」

「はて」

杢之助は首をかしげたが、お千佳の話ですぐそれと分かった。中島屋《なかじまや》の手代、紀《き》平《へい》だ。そういえばここで別れて以来、まだ一度も来ていない。おそらくあるじの徳《とく》兵《べ》衛《え》に言われ、ようすを見に来たのだろう。

「まあ、番小屋で待たしてもらわあ」

杢之助は返し、木戸番小屋に入り、すり切れ畳にあぐらを組んだ。思えてくる。

(四ツ谷左門町を出るときも、その日に決め、その夜にわらじを履いた。見送ったのは清次ひとりだった。両国米沢町を離れたのも、決めたその日の夜で、見送り人は徳兵衛旦那一人だった。世話になった町のお人らに、ひとことの挨拶もできずにようう。寂しいもんだぜ)

離れた理由はいずれも、土地《ところ》の岡っ引に以前が露顕《ばれ》そうになったからだった。

（門前町《こ こ》じゃ、そうなりたくねえぜ）

尽きない杢之助の望みである。周囲の出来事への用心深さも、ときに影走りをするのも、すべてそのためである。

待つほどのこともなく、腰高障子に人影が立った。杢之助にはそれが誰か、お千佳からも聞いていたことだし、すぐに分かった。

「入《へえ》んねえ」

腰高障子に内側から声を投げた。

開いた。

果たして紀平だった。

紀平は杢之助の夜逃げにつき合い、小田原からお絹とお静をともなって高輪に引き返すのにも、目立たぬように付き従った。そして杢之助が泉岳寺門前町の木戸番小屋に入るのを確認すると、あとはお千佳の印象どおり、そっと両国に帰ったのだった。

もちろん紀平は徳兵衛に、杢之助が泉岳寺門前町に落ち着くかも知れないことを話している。それが紀平の徳兵衛から託《たく》された役目でもあったのだ。だから両国を離れた杢之助が東海道の遠い土地ではなく、高輪大木戸を出てすぐの泉岳寺門前町の木戸番小屋にいることを知っているのは、この世で中島屋徳兵衛と手代の紀平だけということになる。

やはり徳兵衛は杢之助の身を案じて、紀平を寄こしたのだった。

「へえ、旦那さまに言われなくても、ずっと気になっておりました」

すり切れ畳に腰を据え、杢之助のほうへ上体をねじって言う。

もちろん、徳兵衛からの用件もある。

「もし杢之助さんが望むなら、もう少し近いところに、住める場を世話したいがどうか、と旦那さまは申しておりますが」

徳兵衛にすれば木戸番人の杢之助は、なにやら得体は知れないが頼りになり、気になる人物だったのだろう。

杢之助は、岡っ引に以前をつかまれそうになったので両国を離れたのだ。

「とんでもねえ。徳兵衛旦那に迷惑をかけることになるかも知れねえから、両国を離れたんだぜ。おめえさんなら分かってくれるはずだぜ。徳兵衛旦那もよう。江戸ご府内はくわばら、くわばらさ。だからこうして高輪大木戸の外に落ち着かせてもらったのさ」

紀平は無言でうなずいた。

用件はまだあった。

「四ツ谷の清次さんが、両国に来なさって……」

「えっ、清次が！」

李之助の心ノ臓は瞬時、激しく打った。

紀平はつづけた。

「李之助さんが不意にいなくなったと言えば、たいそう驚かれ、行く先を訊かれました」

「ふむ」

李之助は紀平に視線を合わせた。

(で、いかに)

紀平がどう応えたか、気になる。

「清次さんは以前からのお知り合いのようでしたから、迷いました。李之助さんのためにに、どう応えたらいいか……」

「で、教えたか」

李之助は、清次になら教えてもいいとの気持ちはある。むしろ、教えたい。なにしろ清次は白雲《しらくも》一味のときの配下であり、盗賊の仁義から外れなかった唯一の仲間なのだ。

「突然のことで、私も面喰《めんく》らっているのです……と」

「そうか」

「清次さん、すごく残念がり、もし李之助さんから連絡《つなぎ》があれば、是非知らせて欲しい、と。どうしましょう。清次さんのあの肩の落としよう、泉岳寺の……と、ここまで出かかったのですが」

紀平は喉《のど》を手で示した。

李之助は言う。

「清次にはすまねえが、それでよかった。用があれば、儂のほうから知らせることにすらあ。おめえは町のお人らにも、知らねえと言っておいてくんねえ」

実際に李之助は、紀平をわずらわせることなく、自分からつなぎを取りたいとも思っている。だが、清次の将来のためにも、また四ツ谷左門町で親しんだお人らのためにも、

(儂とは、赤の他人でいたほうがいい)

かつて盗賊であった身であれば、常に心掛けておかねばならないことだ。

紀平は李之助の以前を知らない。だが、

（なにやらいわくありげな……）

感じ取っている。

だから李之助の弁に、呑み込みも早い。

「ともかく旦那さまには、李之助さんが泉岳寺門前町で元気でいなさることだけは伝えておきます」

と、長居はせず、匆々《そうそう》に腰を上げた。

李之助は引き止めなかった。

ふたたびすり切れ畳の上に一人となった。

李之助より十歳ばかり若く、筋肉質で精悍《せいかん》な感じの清次の姿が、目の前に浮かんでくる。

（ほれ、儂は此処《ここ》にいるぜ）

つい胸中で声をかけてしまう。

（左門町のときみてえに、おめえがそばにいてくれたならどんなに心強いか）

思わぬ日はない。

とくにいま、町内の播磨屋の縁談をめぐり、なにやら起こりそうな予感がしているときである。

念頭に浮かんでくる。

（そうかい。こたびも取り越し苦労だと言いてえのかい）

波音が聞こえる。

陽はすでに中天を過ぎていた。

一人になれば決まって、

（護らなきゃなあ）

思えてくる。

四ツ谷左門町に住みついていたときも、両国米沢町での一年もそうだった。

なにを……。

枯れ葉一枚の分を……、である。

野原にも林にも、落ちた枯れ葉一枚を舞い上がらせるような風を吹かせてはならない。町は平穏であらねばならない。ざわつく気配があれば、波風の起つまえに抑え込まなければならない。これまで杢之助は幾度もそこに踏み込み、駈け抜けてきたのだ。

六

腰高障子に二つの影が浮かび、

「おおう、帰《けえ》ったぜ」

「いるかい」

いつものように、声が重なるようにつながったのは、陽が西にかなりかたむいた時分だった。

勢いよく腰高障子が開き、現れたのは権十の角顔と助八の丸顔だった。

駕籠溜りの人足たちが戻って来ると、まず日向亭の往還に出した縁台でひと息入れ、それから駕籠溜りの長屋に帰って行くのが習慣のようになっているが、権助駕籠の二人は日向亭でお茶を一杯飲んでから、木戸番小屋に顔を出し、その日の町々のうわさをひとしきり話していくのが、一日の〆《しめ》になっている。杢之助が木戸番小屋に入ってからできた習慣である。

いつもなら前棒の権十が敷居をまたぐなり、その日の話題を口にするのだが、

「おう、待っていたぜ。きょうよ、午前《ひるめえ》、となり町の二本松に行ってきてなあ。ま

あ、座れや」

と、狭い三和土に立った権十と助八に、杢之助のほうから語りかけ、すり切れ畳を手で示した。

「ほっ。あそこは昼間、みんな出払っていて、誰もいねえはずだぜ。いても親方の丑蔵さんくらいのもんだろう」

権十が応じながらすり切れ畳に腰を下ろし、

「そう、田町のほうで嘉助に耕助と蓑助の三人を見かけたぜ。午過《ひるす》ぎだったが」

助八もつなぐように言いながら腰を下ろし、杢之助のほうへ上体をねじった。

「それよ。その蓑助の手柄で、殺しがその日のうちにカタがついて、お役人が大よろこびだったっていうじゃねえか」

杢之助は、釣り舟の死体について後日談はないか、それを知りたかったのだ。伊皿子台の辻斬り未遂と、

(なにか関連はないか)

目的はそこにある。

「知ってるぜ。あははは、蓑助め、のぞいてみたら、知っている武家屋敷のお女中だったもんだから、びっくらこいたことだろうよ。だがよ、ありゃあ二十日ほども

めえの話で、事件にゃ違《ちげ》えねえが、大木戸向こうでしかもお武家のことだ。ご府内の町方も蓑助のおかげでさっさと手を引くことができ、そのあと事件にまつわる話はなにもながれてこねえ。無惨な斬殺体か着物でも派手に剝《は》がされてたってんなら、町場のうわさもかまびすしいだろうが、そのどちらでもねえ」

「ま、そんな事件、奉行所のお役人も匆々に手を引きなすったようで、とっくにむかしの話になってらあ」

権十に助八がつないだあと、また権十がぽつりと言った。

「似たような事件がまた発生したってんなら、話は別だがよ」

「そう、それよ。辻斬りの話を聞いたときにゃ、オッと思ったがよ。よくよく聞くと、人間《ひとま》違《ちげ》えで襲ったほうが、こそこそ逃げだしやがったってんだから、締まらねえ話さ」

あきれたように言う二人の話は、

（ホッ）

と、杢之助には価値あるもののように思えた。

問いをつづけた。誘い水だ。

「伊皿子台の事件よ。襲ったのは大刀を抜き放っていたってえから、武士に違《ちげ》えあるめえ」

「そうよ」

権十がいくらか面倒くさそうに返した。

李之助はつづけた。

「女を狙ったはずが、駕籠の中は男だったから、逃げ出したのだろう」

「だから締まらねえのよ」

こんどは助八が返した。

「それよ、田町の釣り舟の一件さ。お女中を殺《や》ったのは心得のある者、つまり武士だろう」

「だから奉行所のお役人ら、さっさと手を引きなすったのさ。それがどうしたい。木戸番さん、なんかおかしいぜ。ま、きょうは話すほどの騒ぎもなかったから、むかしの話を持ちだしてもいいがよ」

また気の短そうな権十が言う。座は白け始めている。

「そうじゃねえんだ。武士が武家屋敷の奉公人、しかも女中を狙った。そこに話が一本の線につながらねえかい」

「なるほど、そんなふうにも見えるなあ。だがよ、かたや釣り舟、こなた町駕籠だぜ。あっ、両方とも別物だが、似てるような気もすらあ」

言ったのは丸顔の、おっとりした助八だった。杢之助の誘い水で、冷静な見方をしたようだ。

だが、せっかちな権十は、

「どこにつながりがあるんでえ。さあ、陽のあるうちに帰《けえ》ってめしの用意だ」

腰を浮かし、

「そうだなあ」

と、助八もそれにつづいた。

すり切れ畳の上に、また杢之助は一人になった。

夕暮れ時が近づき、慌ただしくなりかけた街道の気配に波音を聞きながら、

(二つの事件は、一つかも知れねえ)

脳裡にめぐる。

(ということは、仕掛けた野郎はやはり、事件そのものを隠すのではなく、逆に世間の話題にしたがっている。なんのために……)

それが分からない。

(これからしばらく、気の休まらねえ日がつづくかも知れねえなあ)

一人胸中につぶやいた。

具体的な根拠はない。これこそ、杢之助の勘であった。

その〝気の休まらねえ日〟は、さっそく翌日の朝に来た。

「木戸番さん、ありがてえ」

声はきょうも聞かれた。

どの町の木戸よりも早く開く泉岳寺門前町は、朝の短い時間が一日の最大の書き入れ時である棒手振たちにとって、まさにありがたい存在になっている。

杢之助はみずから開けたばかりの木戸の横に立ち、入って来る棒手振たちへいつものように、

「おうおう、きょうも稼いでいきなせえ」

と、いつもの声をかけ、

「ん？　きょうはどうしたかな」

軽い気持ちからである。ふと思った。

いつも一番早く来て、木戸が開くとともに先陣を切って門前通りの坂道に入る豆腐屋の姿がないのだ。

その豆腐屋は魚籃坂を下った永松町《ながまつちょう》から来ている。夜明けまえから仕込んだ豆腐を、まず泉岳寺門前町から商《あきな》い、そこが終われば伊皿子台町に戻って商う。それでも売れ残りがあれば、さきほど暗いうちに上った魚籃坂をこんどは下る。なかなか効率のいいまわり方だ。いちど商舗に戻ってから、新たにできている豆腐を担いでさらに黒鍬組の組屋敷をまわっている。

その豆腐屋の姿がないのだ。

(きょうは組屋敷のほうをさきにまわったのかな)

思っているところへ、

「おっとっと。すっかり道草を喰ってしまったわい」

と、件《くだん》の豆腐屋が息せき切って木戸を入って来た。

射し始めたばかりの朝日を背に受け、

「てえへんだぜ、木戸番さん。魚籃観音《ぎょらんかんのん》の山門に、組屋敷のお女中の死体がよ」

言うではないか。

魚籃観音があるから魚籃坂というのだが、その魚籃観音は坂道を挟み黒鍬組の組屋敷に近い位置にあった。

坂下の豆腐屋が天秤棒《てんびんぼう》を担いで魚籃坂を伊皿子台町に向かっているころ、あたりはまだ暗い。だが魚籃観音の山門はすでに開き、寺僧が出て往還を掃《は》いている。その寺僧が、山門に女の死体がもたれかかっているのを見つけたらしい。

豆腐屋が通りかかったとき、

「御坊や小坊《こぼん》さん、寺男《てらおとこ》などが提灯を手に出てきており、ちょっとした騒ぎよ。それが若い女の死体ってんでよ。寺男とは顔見知りだから、俺もちょいとのぞいたのよ。すると組屋敷のお女中で、知っている顔だったのさ。びっくらこいたぜ。それを御坊に話し、寺男が組屋敷に走って行ったぜ。俺はともかく商いをすませなきゃならねえ。それでちょいと遅れたのよ。このあと、また見に行ってみらあ」

早口に言うと、

「とーふい、とおふっ」

こちらの坂道にいつもの触売《ふれうり》の声を、それも急ぐようにながしはじめた。

(魚籃観音の山門に、若い武家屋敷の女中の死体が……)

うわさは豆腐屋をとおし、たちまち一帯に広まった。

さらに知りたい。

ともかくお千佳に、

「ちょっくら見てくらあ。ちょいと木戸を留守にするが、翔右衛門旦那にそう言っておいてくんねえ」

断りを入れ、

「こんなに早く、どちらへ⁉」

驚くお千佳の声を背に、坂上の泉岳寺山門のほうへ向かった。

上り坂だ。

思えてくる。

(もし刀で胸かそれとも背後からひと突きで息の根を止めていたなら、こいつぁ間《ま》違《ちげ》えなく、おなじ野郎の仕業……)

泉岳寺を過ぎ、伊皿子台に立てば、袖ケ浦の海浜を背に、眼前に下りの魚籃坂が延びている。魚籃観音の前に、すでに人だかりのあるのが見える。

「よし」

気合を入れた。

野次馬か、走っている者がほかにもいる。

(わしゃあ、野次馬なんぞじゃねえぜ)

下り坂に入る。

その一歩一歩に、

（まさか、目見得相手の斎藤重郎次とやら、係り合っていねえだろうなあ）

思えてくる。

さらに、

（取り越し苦労であってくれいっ）

念じた。

その〝取り越し苦労〟が、頭の中を幾度もめぐるのだ。

いま向かっている魚籃坂に広がる黒鍬組の屋敷地と泉岳寺門前町は、斎藤家と播磨屋の縁談でつながっている。

さらになにがしかの事件が起こり処理を誤れば、いずれの役人とも知れぬ者が町に入って来よう。

杢之助は清次にいつも言っていた。

「――奉行所の与力や同心に、どんな目利きがいるか知れたものじゃねえぜ」

相手の得体が知れなければ、

（なおさらだ）

踏む一歩一歩に、恐怖の湧いて来るのが止められなかった。

似ている死体

一

魚籃坂に歩を踏んでいる。

坂道の名の由来になっている魚籃観音の前は、人だかりといっても押すな押すなの状態ではない。

その山門付近と坂道を挟んで少し向こうが、黒鍬組の拝領地で、板塀《いたべい》に囲まれた組屋敷が広がっている。そうした土地であれば、いま心配そうに山門の中をのぞき込もうとしている人影は、棒手振《ぼてふり》か組屋敷の奉公人たちということになる。

棒手振たちの触売《ふれうり》の声のなか、泉岳寺門前通りの坂道を急いで上り、いま杢之助は伊皿子台町《いさらごだいちょう》の町場から下り坂になっている魚籃坂を、山門前の人だかりに向かって歩を踏んでいる。

「ふむ」

杢之助は思った。人だかりに対してではない。普段でも杢之助は歩くとき、前かがみになっている。急げばゆるやかな下り坂でも、前につんのめりそうになる。身を支えようと、さらに急いで足を前に出す。下り坂に急げば、そのようすがまったく自然な足の運びとなる。当然、下駄《げた》に音が立つ。

その音に、杢之助は得心の声を上げたのだ。

自然に歩いて、自然に音を立てる。杢之助には絶えてなかったことだ。

「おっと」

石につまずき、下駄にたてつづけに音を立てた。

その快《こころよ》い響きに、

(ん？　儂《わし》はなんでここに)

と、動きを止めた。

豆腐屋の話では、死体は未明からそこにあった。明るくなったいま、当然それは山門のなかに安置されたか、心当たりのある者が引き取ったかで、現場はすでに清められているはずだ。

(いかん。風もないのに、枯れ葉の儂が舞い上がってどうする)

人知れず、静かに構えていなければならない身である。

立ち止まり、ゆっくりときびすを返した。

「おっ、泉岳寺の木戸番さんじゃねえか。なんでこんなところに。あ、うわさを聞いて見に来なすったか」

不意に声をかけてきたのは、門前町でもよく見かける八百屋の棒手振だった。

「あ、いや。まあ、そんなところだ」

ぎこちなく返すと、八百屋は天秤棒《てんびんぼう》を担いだまま、

「お女中の死体はほれ、そこの屋敷地のお人らが来て、引き取りなすったぜ。黒鍬組のお屋敷のお女中らしい。なんだか知らねえが、気の毒なことで」

「そうだろうよ。近くなもんで、つい気になってなあ」

応《こた》えると棒手振は、

「あ、門前町に縁《ゆかり》のある人じゃねえかと思って？　ははは、木戸番さんらしいや。あっ、ここは笑っちゃいけねえところだったんだなあ。どの屋敷のお女中か知らねえが、人ひとり死になさってるんだ。南無阿弥陀仏《なむあみだぶつ》、南無阿弥陀仏」

八百屋は念仏とともに脇道に入っていった。まだそのような、朝のうちなのだ。棒手振が仕込みの都合で、商《あきな》いの場を変えるのは、珍しいことではない。

「おうおう、きょうも稼いでいきなせえ」

李之助はつい門前町の木戸に立っているように、その背を見送った。

「ふーっ」

軽く安堵《あんど》の息をついた。

風に舞い上がった枯れ葉になってしまったが、八百屋は深く考えず、単なる世話焼きの木戸番人のお節介と見てくれたようだ。

李之助も、八百屋にしつこく訊《き》くことはなかった。訊くより、八百屋は李之助の知りたいことをすべて語ってくれたのだ。その死体が武家屋敷の女中で、すでに黒鍬組の屋敷から人が出て引き取って行ったことなどである。

それをまず李之助は知りたかったのだ。

どの屋敷？

そこまで訊けば、八百屋は、

(門前町の木戸番がなぜ？)

と、不審がるだろう。

それが李之助には、いかような致命傷になるか知れないのだ。

(ま、門前町《うち》の番小屋に座っていりゃあ、きょうあすにも分かるだろう)

いま八百屋に訊いたところで、この時点で町をながすだけの棒手振が、そこまで知っているかどうか分からないのだ。

いくらか軽い気分になり、いま下りて来た坂道をまた上り始めた。下りと違って足元に音がない。李之助はそこに気づき、

(ま、自然のまま、ゆっくりと)

伊皿子台を過ぎ泉岳寺の門前まで帰って来た。そこからは下り坂だ。ふたたび自然なかたちで下駄に音を立ててすぐだった。

「あらあら、李之助さん。こんな朝に」

ふり返ると暖簾《のれん》の棹《さお》を手にしたお絹が、商舗《みせ》の前に立っている。暖簾を出そうとしたところへ、李之助が通りかかったのだ。

李之助が返事をするよりも早く、

「あ、分かった。魚籃坂、行ったんですか。あたしたちもさっき豆腐屋さんから聞いて、驚いたんですよ。で、どんなようすでした」

お絹とはきのう、日向亭翔右衛門と播磨屋の縁談の話をしたばかりである。やはり魚籃坂と聞いて気にかかるものがあったのだろう。

李之助は足を止め、

「ああ、途中までな」

すでに数人の住人と会っているのだ。枯れ葉の身を気にしてみょうに隠し立てなどすると、かえって疑念を呼ぶ。

「途中？」

「ああ、魚籃坂をちょいと下りたところで、ほれ、門前町《ここ》にもよく来る八百屋と会ったもんでなあ」

話しているところへ、門竹庵細兵衛が、

「ほう、木戸番さん。さっそく魚籃坂、聞き込みに行ってくれましたか。で、どんなようすでした」

と、商舗の中から手招きをする。杢之助がひと肌脱いでくれそうなことは、きのうのうちにお絹から聞いている。外でおおっぴらに話すのは憚《はばか》られる。

場を、雨戸を開けたばかりの門竹庵の店場に移した。朝のうちということもあって、三人とも立ったままである。

杢之助は八百屋の棒手振から聞いたとおりのことを、なんら誇張も省略もなく話した。細兵衛もお絹も真剣な表情で聞き入った。

話は短いが深刻さを含んでいる。

「やはり、黒鍬の組屋敷ですか。そのさきは判《わか》りませんか。放蕩《ほうとう》だけならともかく、斎藤屋敷がなんらかのかたちで係り合っているとしたら……」

「兄さん、そんな不吉なこと……」

細兵衛が言ったのへ、お絹がたしなめるようにつなぐ。細兵衛も、似たような懸念を抱《いだ》いているのだ。

二人の深刻そうな表情に杢之助は、

「町場の木戸番人の儂が、お武家について聞き込みを入れるのも憚られるもんで、坂の途中で引き返して来たのでやすが、これから木戸に戻って駕籠溜りのお人らに頼んでおきまさあ。そうそう、となり町の二本松の若い衆にも」

すでに念頭にある方途を話した。

お絹がすかさず言った。

「あ、杢之助さん。それ、きのう話しておいでした。あの人たちにうわさを集めてもらおうって」

「そうでさあ。これで駕籠屋も二本松の若い衆も、斎藤重郎次なる御家人さんについて漠然《ばくぜん》とうわさを集めるのではなく、けさがたかきのうの夜のうちの犯行か分かりやせんが、ともかく係り合っていそうな屋敷はどこか、具体的に範囲を絞って聞き込みを入れることができまさあ」

李之助は言った。脳裡に立てた策を披露しているのではなく、いまお絹と話しながら思いついた策を話しているのだ。

（ふむ、これはいい）

と、話しながら自分でも思えてくる。

「だったら早く戻らないと、駕籠溜りのお人たち」

「そのとおりだ。それじゃ細兵衛旦那、儂やあこれで」

お絹が言ったのを李之助は受け、急ぐようにきびすを返し外に出た。

下り坂に急ぎ足だ。また下駄の音が自然に響く。

お静が飛び出てきた。

「声が聞こえると思ったら、やっぱりモクのお爺ちゃん」

ことし十二歳だ。

李之助は足をもつらせ、下駄に音を立てた。

「あっ。お爺ちゃん、気をつけて！」

言って走り出ようとするお静の肩をお絹はつかまえ、

「李之助さん、いまお仕事で忙しいから」

「そう、木戸の仕事も忙しくってなあ。こんどまたゆっくり遊びに来《き》ねえ」

「はい、きっと」

母親のお絹に肩をつかまれたまま、お静は言う。

細兵衛も外に出て来て、ふたたび下駄に音を立て、坂道を下る杢之助の背を見送った。

（それでいい、それでいいんだぜ）

下駄の歩を下り坂に踏みながら、杢之助は安堵の息をついた。影走りではない、正真正銘の木戸番人として、町役総代から頼まれたおもての仕事に走ることができるのだ。

気分が爽快《そうかい》になると、自然と足も軽やかになる。

急な下り坂だ。下駄の音がまた乱れ、大きな音になる。

「あぁぁ」

背後でお絹が声を上げ、お静がそれに重ねた。

「気をつけて、お爺ちゃん」

「おおう」

杢之助は転ぶことなくふり返って手を振り、下駄へさらに大きな音を立てた。

二

門前通りの坂道にまだ参詣人の姿はなく、それぞれの商舗《みせ》はちょうど門竹庵のように、雨戸を開け暖簾を出そうとしているところだった。

すでに杢之助はかなりの住人と顔なじみになっており、木戸が日の出まえに開くのも棒手振だけでなく町内でも、

「――ありがたいことだねえ」

と、評判になっているのだ。

およそ木戸番人などというのは、府内のどの町でも〝生きた親仁《おやじ》の捨て所〟などと言われ、町内で行き場のない年寄りを町が雇用している場合が多い。だから動作は鈍《にぶ》く、日の出時分に棒手振たちが目当ての町の木戸に行っても、木戸番人が寝過ごして開いていないことがよくある。時間が勝負の棒手振たちにとって、これほどじれったいことはない。木戸の外から数人ですぐ内側の木戸番小屋に大声をかけて起こし、年老いた木戸番人が眠い目をこすりながら出て来る光景がよく見られる。まったく棒手振泣かせだ。

そうした木戸のなかにあって、泉岳寺門前町の木戸は確実に日の出まえに開くのだから、棒手振たちにとってありがたいことこの上ない。それだけ町内の住人も心置きなくかまどや七厘に火を熾《おこ》し、朝の準備にかかることができる。

杢之助が魚籃坂から帰って来た時分は、すでに棒手振たちの姿はなく、どの家も朝ごしらえをすませ、門竹庵がそうであったように雨戸を開けて暖簾を出し、なかには玄関先の往還を掃き、軽く打ち水をしている商舗もあり、

「あらー、木戸番さん。こんなに早く、またどこへ……」

と、声がかかる。

「ああ。ちょいとそこまで」

杢之助は下り坂に、下駄の音を心置きなく響かせ通り過ぎる。

旅籠の播磨屋は、坂の中ほどにある。

さしかかった。

すでに顔見知りの女中が、玄関の格子戸に雑巾《ぞうきん》をかけている。

「あ、木戸番さん」

女中は雑巾を手にしたまま、杢之助のほうへ下駄の音を響かせた。

相手は播磨屋の女中であり、杢之助は、

（すでに魚籃坂の件は伝わっているか）

そこに関心を持ち、歩をとめた。

女中は言う。

「聞きました？　魚籃坂の観音さまの山門に……」

伝わっている。

「ああ、聞いたぜ。棒手振の豆腐屋さんからなあ。播磨屋さんもかね」

「そうなんですよ。それを話すと、奥の女将《おかみ》さんも旦那さまもすごく気になさって、その話、詳しく訊いて来いって言われたんですが、なぜかその話、旅籠の中ではするなって」

棒手振のうわさが、奥に控えている亭主の武吉にも女将のお紗枝にも伝わり、夫婦そろって狼狽《ろうばい》しているように思えた。場所が黒鍬組の近くで、死体が武家屋敷の女中らしいとあっては、斎藤家が係り合っていないかどうか気になるのだろう。

杢之助はさっき、魚籃観音の近くまで行ったことは伏せ、

「儂も豆腐屋から聞いた以外のことは、まだ何も聞いちゃいねえ。ま、それ以上のうわさが入りゃ、お知らせしまさあ」

言うと、

「いま番小屋、留守にしてるんでなあ」

「お願いします」

女中の声を背に、ふたたび下り坂に下駄の音を立てた。急がねばならない。さきほど駕籠が一挺、木戸を出て街道を品川方向に曲がったのが見えたのだ。権助駕籠ではなかった。

府内で拾った客を品川の花街《はなまち》に運び、翌朝迎えに来てくれと頼まれていたのだ。場所柄、近辺の駕籠屋はそうした客をよく乗せる。上客で、なるほど張り切っていたようだ。

杢之助は坂道になかば駈け足になる。下り坂なら下駄の音と同様に、それも自然の動きに見える。

脳裡は足以上に回転していた。どうやら播磨屋ではお紗希の縁談を奉公人にはまだ話していないようだ。だが、一つ屋根の下に暮らしている以上、やがて気がつくだろう。あるいは、すでに気づいているのかも知れない。

駕籠溜りから権助駕籠が出てきた。前棒の権十が、

「おう、木戸番さん。行ってくらあ」

いつもの声を腰高障子に投げた。

「おおう。こっちだ、こっちだ」

李之助が手を上げて呼び止めたのへ、

「おっ、木戸番さん。出かけてなすったかい」

後棒の助八がふり返って足をとめ、

「おっとっとい」

権十が足をもつれさせ、駕籠尻《かごじり》を地に着けた。

三人は木戸番小屋の前で駕籠を囲むかたちで立ち話になった。権助駕籠は予約の客はないようで、高輪大木戸で客待ちをする算段だったようだ。

駕籠溜りに魚籃坂のうわさは入っていないようだった。権十も助八も、

「黒鍬の屋敷地のお女中らしい。どの屋敷かは判《わか》らねえが」

との李之助の話に驚き、

「おう、八よ。これから行ってみようぜ。魚籃観音の前《めえ》で客待ちだ」

「殺しなんざ、めったにねえからなあ。あんな武家地でも、人の出入りがあるかも知れねえ」

助八が言う、〝あんな〟とは、黒鍬組の組屋敷のことを言っているのだろう。

「せいぜい稼いで来ねえ。なにか新しいうわさでも聞きゃあ、あとで知らせてくん

ねえ」

「いいともよ。あらよっと」

杢之助が言ったのへ権十が返し、

「ならば、こっち方向だ」

「ほいよ」

駕籠は街道とは逆の坂上に向かった。さっき杢之助が往復したばかりの往還を、権助駕籠は辿《たど》ろうとしている。

杢之助はその背を見送った。魚籃観音の山門前で客待ちをすれば、参詣客が拾える。それに死体があったばかりだ。人の行き来が普段より多く、客待ちのあいだにも事件に関するうわさが耳に入って来る。それを二人はきょう夕刻近く、杢之助の木戸番小屋で話すはずだ。

杢之助は二人にうわさ集めを依頼しながらも、具体的にはなにも言っていない。杢之助にとってはそこが歯痒《はがゆ》くもあり、またそうでもない。

権十と助八のように身近な人間だからこそ、杢之助はなにやら嗅ぎまわっている得体の知れない人物と思われてはならないのだ。これからごく自然に、長く付き合わねばならない相手である。

わざわざ注文をつけなくても、魚籃観音の前で拾えるうわさは、死体になっていた女中に関するものばかりとなるはずだ。杢之助の知りたいのもまた、そこにある。ひとつひとつ注文をつけないのは、やはり杢之助の年の功であろう。

杢之助はさりげなくうわさをする側にまわり、死体がどの屋敷の奉公人かが判れば、お紗希に目を覚まさせ、重郎次との縁談を破談にする材料が得られるかも知れない。

もしも殺されたのが斎藤家の奉公人なら、破談への直接の材料になり得る。そうでなくとも、

(相手は女にもてる優男《やさおとこ》だ。係り合いがないかどうか、骨は折れようが調べる価値はある)

杢之助はそう睨《にら》んでいる。

その足でまた日向亭に声をかけ、車町の二本松に行こうと思い、街道に歩を向けたところへ、

「おっ、木戸番さん、そこでやしたか」

声は二本松一家の嘉助だった。

「ちょうど番小屋に訪ねるところだったんでさあ」

言いながら街道から木戸を入って来た。

耕助と蓑助も一緒だ。

「おぉう、どうしたい。また三人つながって」

「どうしたはねえでやしょう。二本松《うち》の親方に言われたんでさあ。門前町の木戸番さんが、あっしらになにか用がありなさるとか」

兄イ格の嘉助が十七歳で、耕助、蓑助と歳がつながった三人は、浪打の仙左に使《し》嗾《そう》されていたとき、他人《ひと》さまのためになる牛馬糞拾いよりも、はた迷惑な悪戯《わるさ》に走り、杢之助にその出鼻《でばな》を挫《くじ》かれて以来、ふたたび町々にありがたがられる稼業に専念するようになったのだ。三人はもう、道を踏み外すことはないだろう。このことからも親方の丑蔵は、となり町の木戸番人に一目《いちもく》置いている。

きのう杢之助はわざわざ丑蔵を訪《たず》ね、一家の若い衆にうわさ集めを頼んだ。そのときとくにこの三人を名指しで、しかも黒鍬組の界隈と、それとなく土地《ところ》まで指定した。もちろん、播磨屋と斎藤家の縁談は伏せた。あくまで、漠然《ばくぜん》としたうわさ集めの依頼に過ぎない。だがいまは、うわさでも的《まと》を絞《しぼ》った依頼ができる。頼まれる側も、そのほうが集めやすいだろう。

四人は木戸の脇で立ち話のかたちになっている。街道はすでに昼間の人や荷のながれになっており、門前町の坂道にも参詣人の姿がちらほらと見える。

「おおう、そうだった」

杢之助が返したところへ、お千佳が前掛け姿で、

「あらら。そんなところに立ってたんじゃ、往来の人に邪魔ですよう。さあ、こちらへ」

出したばかりの縁台を手で示した。客はまだいない。もちろん、二本松の若い衆も仕事中は身内扱いで、お茶代を取ったりしない。

「おう、そうさせてもらおう。ともかく背中の竹籠《たけかご》、そこの隅にでも置いときねえ。はははは、挟み棒もなあ」

「へへ、仕事はこれからで。籠の中はまだ空でさあ」

耕助が言いながら背の竹籠を下ろし、嘉助も蓑助もそれにつづいた。

頬かぶりに腰切半纏《こしきりばんてん》を三尺帯《さんじゃくおび》で決めた姿は、背の竹籠を外せば、茶店の客になる馬子《まご》や大八車《だいはちぐるま》の荷運び人足となんら変わりはない。かれらが木戸番人の杢之助に親近感を覚えるのは、普段は杢之助も手拭いの頬かぶりが定番《ていばん》となっていることも、理由の一つになっていようか。

四人は縁台に腰を下ろした。木戸番小屋に招じ入れて内緒話のようにするのは、

かえって不自然だ。

その縁台で、杢之助は言った。

「おめえら、知ってるかい。この裏手の魚籃観音よ」

「知ってまさあ。伊皿子台から魚籃坂を下った途中の観音さんでやしょう」

蓑助が応えた。

商舗の中ではあるじの翔右衛門がお千佳から、

「木戸番さん、なにやら用があるみたいで、二本松のいつもの三人衆と縁台で話しはじめたようです」

と聞き、暖簾の内側まで出て来て窺《うかが》うように聞き耳を立てた。魚籃観音の死体の話はすでに聞いて知っている。杢之助が朝早くにどこかへ出かけたことも、女中から聞いている。ここ数日念頭にあるのは、黒鍬組の斎藤家と播磨屋の縁談の件だ。杢之助のけさからの動きが、なにやらそこに係り合っているとみるのは自然のながれだろう。

どうやら、うわさはまだ車町まではながれていないようだ。泉岳寺門前町にいち早く伝わったのは、やはり杢之助の木戸を開けるのがどこよりも早いからのようだ。

話はつづいた。

「そう、その魚籃観音だ。そこの山門にけさ早く、武家奉公の若え女《わけ》の死体が横たわっていたとよ」

「えぇえ！　武家奉公の女の死体!!」

と、やはり三人は初耳だったようだ。まっさきに驚きの声を上げたのは、三人のなかで最も年下で十五歳の蓑助だった。

無理もない。蓑助は二十日ほどまえ、高輪大木戸に近い海岸の釣り舟に横たわっていた若い女の死に顔を見て、田町の武家屋敷のお女中だと証言し、役人の死体の引きわたしにひと役買っているのだ。

こたびも、杢之助は〝武家奉公の若い女の死体〟と言ったのだ。蓑助が驚きの声を上げたのは、若い女の死体が二回つづいたこともさりながら、〝武家奉公〟の共通点に驚いたのだ。

二本松の三人にとって驚きは、それだけではない。数日まえにすぐ近くの伊皿子台であった辻斬り未遂のうわさも当然聞いて知っている。それも襲《おそ》おうとして人違いで逃げ出した締まりのないのが、これまた言葉遣いから武士らしいことが知れわたっている。

三つの事件には〝武家〟という共通点があり、それでひとくくりにしようと思えばできるのだ。

嘉助がなかば腰を浮かせ、

「それって、死体はいってえどこのお武家で!? で、もう片付けられやしたんですかい」

いまにも走らんばかりになっている。

耕助も蓑助もそれにつづいた。

「慌てるねえ」

杢之助は引きとめるように言い、

「死体はよ、あの一帯に広がるお屋敷の奉公人で、もう引き取られたらしい。それがどの屋敷か、どんな事情があってのことか、誰がどのように殺《や》ったかも、まったく伝わっていねえ」

と、知りたいことをならべた。

嘉助がまとめるように言う。

「木戸番さん。きょうよ、俺たち、この町から仕事にかかるつもりだったが、悪いなあ。あとでまわらせてもらいまさあ」

言うなり、

「さあ」

「おう」

二人をうながし、三人は竹籠を背負うのももどかしそうに、門前通りの坂道を上って行った。

「ああ、あんたがた。お茶」

お千佳が湯呑み四つを載せた盆を両手で支え、出てきたところだった。

「そのお茶、そこに置いていきなさい」

言いながら暖簾の中から翔右衛門が出て来た。

「あ、翔右衛門旦那。聞いておいででござんしたか」

李之助は腰を浮かせ、迎えるように言ったが、翔右衛門の存在にはとっくに気がついていた。それを意識して、李之助は話していたのだ。

「立ち聞きのような真似をして悪いが、気になったものでしてな」

「いえ、そのほうが話しやすうございまさあ。ま、お聞きのとおりで。あれ以外のことは、まだ儂の耳にも入《へえ》っておりやせん。権助駕籠の二人にも、きょうは魚籃坂のほうをまわってくれと頼んでおきやした。なにか聞いて来てくれるかも知れやせん」

言うと杢之助はお千佳の置いていった湯呑みを口に運んだ。

翔右衛門もひと口湿らせ、

「さすがは門竹庵さんの推《お》しなさる木戸番人さんじゃ。とっさの場での立《た》ち居振《いふ》る舞《ま》いだけじゃのうて、人もうまく動かしなさる。なにやら恐ろしいほどに」

「旦那、かいかぶりはよしてくだせえ。〝恐ろしいほど〟などと。儂はただ町のことを思いやして」

「わるい、わるい。恐ろしいほどというのは、単なる言葉のあやだ。ほんに頼りになる木戸番さんに恵まれたと思うておりますじゃ」

「へえ、まあ。儂もなんとか町のお役に立ちてえと思いやして。権助駕籠の二人や二本松の三人衆が、持って帰《けえ》ってくれるうわさなどが、なにか例の件に役立てばと思いやして」

「そう、それです」

翔右衛門はわが意を得たりとばかりに、また湯呑みを口に運び、

「魚籃坂に死体が……と、聞いたときから、それが気になりましてなあ」

杢之助と翔右衛門のいうのはむろん、播磨屋の縁談の件であり、わけても斎藤重郎次の行状である。

釣り舟の死体のときは、大木戸の向こうで場所もいくらか離れていた。だが伊皿子台の辻斬り未遂も魚籃観音山門前の死体も、すぐ近くである。杢之助にも翔右衛門にも重郎次の行状が、感覚的に優男《やさおとこ》のよからぬ白粉《おしろい》にまみれた話ばかりとは思えなくなっているのだ。

杢之助は言う。

「大木戸向こうの件では、お奉行所のお役人は、匆々に手を引きなすったと聞きやすが……」

「そうそう。私もそれを思いましたじゃ。こんどは死体があったのが魚籃観音の山門で、いわばお寺さんの境内《けいだい》ですよ。管掌《かんしょう》は町奉行所じゃのうて、寺社奉行さまじゃ。それに死体がお武家の奉公人となれば、幕府のお目付《めつけ》さまの管掌じゃ。いよいよややこしくなりますよ」

「そうなんでさあ」

「おお。くわばら、くわばら」

寺社奉行にも与力や同心のような役人が幾人かおり、目付も同様で、それぞれに手先も抱えているはずだ。だがそれらは、町場には馴染みがない。

杢之助にしても、

（得体の知れない相手）

なのだ。

事件の進捗《しんちょく》次第《しだい》で、黒鍬組の組屋敷にそれらの手先が入る。あるいは、もう入っているかも知れない。探索の結果、もし斎藤屋敷が係り合っているとすれば、結《ゆい》納《のう》はまだとはいえ播磨屋も係り合うことになる。

この町に入って来るのは、手先か二本差しの役人か。江戸府内のように、そのときの案内人は木戸番人になり、木戸番小屋が詰所《つめしょ》になろうか。向かいの日向亭はその本陣になるかも知れない。翔右衛門にとって、気分のいいものではない。

縁台に腰を据え湯呑みを手に持ったまま、杢之助は肩をブルッと震わせた。杢之助が町奉行所の与力や同心を恐れるように、得体の知れないそこにはどんな目利きがいるか知れたものではないのだ。

杢之助は震えを隠し、翔右衛門に言った。

「旦那さま、ともかく夕方まで待ちやしょう。どうするかは、それからのことでさあ」

「そうですね。さっきの二本松の三人と権助駕籠は木戸番小屋に戻って来ましょうから、聞いた話を知らせてくだされ。このこと、門竹庵さんと、それに播磨屋さんにも伝えておきましょう」

「へえ、よろしゅう」

李之助は腰を上げた。この間に、幾人かの町の住人が日向亭の前を通っている。いずれもが朝のひととき、日向亭の旦那が木戸番人と世間話でもしていると思ったことだろう。

三

波音が聞こえてくる。

李之助は木戸番小屋の中に戻っている。

すり切れ畳の上に一人座し、

(頼むぜ、権十と助八どん。それに嘉助に耕助、蓑助たち)

心中に念じた。

同時に二本松の丑蔵にも、

(おめえさんの配慮、ありがてえぜ)

思えてくる。きのうの訪《おとな》いで、きょう嘉助と耕助、蓑助の三人を泉岳寺門前町にまわしてくれたことである。

海の波の音が、絶え間がない。

さらにまた、思えてくる。

江戸府内では、四ツ谷左門町のときも、両国米沢町のときも、ともかく町奉行所の与力や同心と直《じか》に接触する事態になることを恐れた。大木戸の外に出てその町奉行所の軛《くびき》を逃れホッとしたのも束《つか》の間《ま》、こんどは得体の知れない寺社奉行や目付の手の者と接触するのを恐れねばならなくなったのだ。

日向亭翔右衛門は、杢之助の背を向かいの木戸番小屋に見送ると、その足で門前通りの坂道に歩を踏んだ。播磨屋と門竹庵に出向《でむ》いたのだ。

まず播磨屋にはあるじの武吉をそっと呼び、いまの状況を知らせ、

『案じなさるな。奥でじっとしていなされ。町役仲間でなんとかしましょう』

告げることだろう。

実際、そう話した。二人は奥の部屋のお紗希に気づかれないように、旅籠の玄関口の隅で立ち話のかたちを取った。

播磨屋武吉も女将のお紗枝も、いま起こっている事態を、まだ魚籃坂下の豆腐屋が語った程度にしか把握していなかった。時が経つにつれ、事件に斎藤家が係り合

っているかも知れないことが窺《うかが》われ、いっそう心配の度を強めている。それこそ取り越し苦労かも知れないが、事は娘の縁談に関わっているのだ。

　坂上の門竹庵では通された部屋にお絹も顔を出し、杢之助が権助駕籠と二本松の若い三人を、うまく物見《ものみ》に出したことを告げ、

「やはりあの杢之助というお人、お絹さんの言うとおり、ただの木戸番人じゃなさそうですねえ」

「そりゃあそうですよ。あたしとお静の命を救ってくれたお人ですから。それにしても不思議なお方です」

　お絹は翔右衛門に、なかば自慢げに言ったものである。

　帰り、細兵衛もお絹も、商舗《みせ》の外まで出て翔右衛門を見送った。すぐ横に泉岳寺の山門が、そびえるようにそそり立っている。

　さっき上って来た坂道を下る。

　坂の中ほどにある播磨屋の前を通った。泉岳寺への参詣人をおもな客にする、格式のある静かなたたずまいだ。木戸番人が魚籃坂に物見を出したことなど、旅籠の中にはまだながれておらず、娘のお紗希の耳にも入っていないだろう。

（ともかく、静かに待っていなされ）

念じながら、日向亭翔右衛門は通り過ぎた。

おなじころ、杢之助も木戸番小屋でおなじことを念じていた。

(新たな役人や得体の知れねえ手先に、町へ入って来られちゃ困るでよう)

外からは、変わりのない波音が聞こえてくる。


伊皿子台からは袖ケ浦が一望のもとに見下ろせるが、さすがに波音までは聞こえない。

権助駕籠はしばし駕籠尻を地に着け、

「いつも間近に波音を聞いている海も、ここから見るのは絶景だなあ」

「ほんと、ほんと。しばし時の経つのも忘れらあ」

権十が言ったのへ助八がつなぐ。

大小の白い帆が無数に浮かび、それらが揺れているのも看《み》て取《と》れる。点のように見える帆のない櫓《ろ》漕《こ》ぎは釣り舟か、しきりに揺れている。

「ああも揺れる舟の中で殺しがあったなんざ、信じられねえぜ」

「まったくだ。女の死体が行儀よく横たわってたっていうが、若《わか》え侍《さむれえ》と相対死《あいたいじに》でもやらかして、男のほうは海に落っこちてどっかへ流されちまったんじゃねえのかい。この広さだ」

「かも知れねえ。死ぬめえに、手か足でもつないでおきゃあよかったのによう」

当初、大木戸あたりを中心にながれたうわさである。高台から袖ケ浦を見渡していると、あらためて湧いて来る推論だ。

話しているところへ、町の住人らしい小太りのおかみさんが通りかかり、駕籠舁き二人の会話の一端が聞こえたか、

「おまえさんがた、駕籠屋さんなら聞いていなさろう。そのあと辻斬りが出たって話さね」

「あっ、駕籠を狙った辻斬り騒ぎ、伊皿子台ってえからここだぜ」

「ああ、あれかい。襲ったほうが逃げ出したってえ、締まらねえ騒ぎ」

こんどは助八が応じ、権十がつないだ。

「なにが締まらない騒ぎかね」

小太りのおかみさんは話し好きか、その場に足を止め、

「見た人がいるんだよ。刀を抜いてさ、走り寄ったところで人違いと気づき、慌てて引き揚げたのさ。すんでのところで人ひとり、命を落とすところだったのさ。それにご覧よ、あれを」

うわさは、声だけ聞いた人がいるという話だったが、いまでは〝見た人〟の話になっている。

おかみさんはさらに〝あれを〟と、魚籃坂の下のほうをあごで示して言う。

「物騒な世の中になったもんさね。また若い娘さんが殺され、観音さんのご門前、血の海さね。観音さんも泣いていなさろうよ。まったく罰当《ばちあ》たりなことを」

「わしら、そのうわさを聞いて見に来たのさ。血の海って、そんなにかい。おかみさん、そのホトケ、見なすったかい」

権十が返したのへ小太りのおかみさんは、

「なに言ってんだね。あたしが知ったのは、夜が明けてからさね。夜中に出歩いているわけじゃなし」

「で、見に行きなすったかい」

と、助八。

「ああ、行ったさ」

「ほう。で？」

と、権十。

おかみさんは応《こた》える。

「さすがはお寺さんさね。ホトケはもちろん、血の跡もすっかり洗い流していなさって。あそこにゃお住《じゅう》のほかに修行中の坊さんや小坊《こぼん》さん、それに寺男《てらおとこ》のお人もいなさるからねえ」

ひと息入れ、

「一月《ひとつき》近くまえにも、田町のほうで殺しがあったっていうじゃないか。いやだよう、物騒なことばかりで」

おかみさんは愚痴《ぐち》るように言いながら、近くの路地へ入って行った。

伊皿子台から魚籃坂を見下ろせば、湾曲のないまっすぐな往還なので、坂下まで一望できる。中ほどにまばらな人だかりが見えるのは、魚籃観音の山門前だ。小太りのおかみさんと話しているあいだにも、坂上や坂下から人が山門に近づき、また離れていた。うわさを聞いた近在の住人が、ようすを見に出て来たのだろう。向かいの枝道から出て来て、また枝道にそそくさと戻っているのは、組屋敷の奉公人たちのようだ。中間姿もおれば女中もいる。

「血の海たあ、とんだ道草を喰っちまったい。さあ」

「おう」

権十のかけ声に助八が応じ、駕籠尻は地を離れた。

坂道は上りは疲れるが、下りは均衡が取りにくい。

空駕籠に、

「へいっほ」

「えっほ」

と、掛け合いの声で用心深く下るが、歩いている方が速いくらいだ。

山門前だ。まばらな人だかりの脇に駕籠尻を着けた。客待ちだ。

地面に血の流れた染みはない。血が流れたのなら、掃き掃除くらいではその痕跡は消せない。小太りのおかみさんは、ほんとうにここまで来て見たのだろうか。又聞きで、しかも〝血の海〟などと。山門は閉じられている。境内の中を窺うこともできない。

「さっきのおかみさん、自分でここまで見に来たわけじゃやねえな」

「そのようだ。たぶん、見に来た人が伊皿子台に帰《けえ》ってから、山門に血が染みてたとかなんとか言ったんじゃやねえのかい。それがあのおかみさんの頭の中で、血の海になったのだろうよ。あははは」

「山門にも血の跡はねえが。これはほんとに染みくれえはあって、小坊さんがごしごし拭き取ったのかも知れねえなあ。ま、ここは坂道だ。血の川が流れてなどと言わなかっただけでも、まだましだぜ」

「ほんと、ほんと」

権十と助八が話しているところへ、

「これ、あんたがた。人ひとり死になすっているのです。そんな茶化《ちゃか》したような言い方、するんじゃないですよ」

山門前にたたずんでいた、角帯《かくおび》をきちりと締めた町衆が、たしなめるように声をかけてきた。丁寧なもの言いから、いずれかのお店《たな》のあるじかと思われる。

「へい、これはどうも。さっきここへ来る途中、〝血の海〟などと大げさに聞いたもんでやすから」

権十が恐縮するように言ったのへお店者《たなもの》は、

「ぷっ」

と、かすかに吹き出し、

「まあ、私も〝流血の大惨事〟などと聞き、心配になって来てみたのです。あ、私はこの魚籃観音さんの檀家《だんか》でしてね。来たときにはすでに山門は閉まっていて、檀家でも役付きじゃないと、中へは入れてもらえません」

町衆は檀家の一人として、大げさで猟奇的なうわさが立つことを嫌い、それで駕籠舁き二人にも声をかけたようだ。

「そりゃあどうも、ご苦労さんなことで」

「で、どんな具合でやす」

助八が応じたのへ権十がつないだ。

檀家の町衆は言う。心配で、かなりたたずんでいたようだ。

「さっき寺社奉行の手下《てか》らしいお侍が数人、潜《くぐ》り戸《ど》から入られましてな。まだ出て来ません。お中間を連れたお侍が二人、向こうの組屋敷のほうへ行かれましたが、まだ戻って来ておいでではないようで」

ひと息入れ、

「ともかくそんな具合ですから、あらぬ大げさなうわさが立つのはよくないでしょう。駕籠屋さんも他の町で〝血の海〟だの〝流血の大惨事〟などと聞いたら、そんなんじゃないと言っておいてくださいな」

「へえ」

「そりゃあ、もう」

権十と助八はしおらしく返した。

まったく善良な、落ち着いた檀家のようだ。駕籠屋に、大げさなうわさは立ててくれるなとたしなめているのだ。

そこへ、

「おっ、駕籠溜りの兄イたちじゃござんせんかい」

嘉助の声だ。坂の上のほうからだ。

見ると頬かぶりに竹籠を背負い、挟み棒を手にした三人が坂道を下って来る。この一帯でも二本松一家の牛馬糞《ぎゅうばふん》拾いは知られており、一見してそれと分かる。

山門前の人だかりに近づいた。竹籠はまだ空なのに、たたずんでいる男も女もちょいと迷惑そうな顔をする。露骨に口と鼻を手でおおい、顔をそむける者もいる。

そうしたなかで三人を、

「おおう、おめえらも来たかい」

と、きわめて自然に迎えるのは権十と助八、それにさきほどまで話していた檀家の町衆だった。やはりこのお人は人物が出来ているのか、二本松の稼業が町中《まちなか》でいかに重宝なものかをこころえ、それへの接し方も普段の仕草に自然にあらわしているようだ。

三人は竹籠を背負ったまま人だかりに加わった。まわりの者は迷惑そうに数歩下がって場を空ける者もいた。

それらを無視し、助八が三人に、

「ひょっとしたら、おめえらも門前町《うち》の木戸番さんに頼まれて？」

「まあ、そういうところで」

嘉助が応え、

「さっそく、このあたりから」

「おうよ」

「あ、あそこにも」

二人を差配するように組屋敷のほうへ向かい、耕助が返事とともにつづき、蓑助が往還の真ん中に落ちている、いくらか乾いた馬糞を器用に挟み棒でつまみあげ、背中の竹籠にバサッと入れ、

「待ってくれよう」

二人を追って組屋敷の枝道に入って行った。

人だかりの面々はホッとしたような表情になる。

「町のためになることは分かっているんですが」

誰かがぽつりと言ったのへ、

「近寄って来られると……」

解《わか》っていて応じる声も聞かれた。

さきほどの檀家の町衆も含め、山門か黒鍬組の屋敷地に動きがないか、期待しながら待っているのだ。

嘉助ら三人は仕事柄、渦中《かちゅう》の屋敷地の枝道にきわめて自然に入って行くことができる。呼ばれれば屋敷の庭にまで入り、自然と中間や女中たちと話もできる。

三人の背を見送った権十と助八も、

「俺たちもお屋敷の枝道をながしてみるかい」

「そうだなあ」

と、担ぎ棒に入ろうとしたところへ、山門の潜り戸が音を立てた。

商家の前掛け姿で丁稚髷《でっちまげ》の小僧が一人、出て来た。立ちん坊の面々はそこに注目する。つづいて着ながしに羽織を着けた、恰幅《かっぷく》のいい商家の旦那風の男が出て来た。

さきほどの檀家の町衆が、

「あ、総代さん」

「これは、これは。おいでででしたか。ひと声かけてくだされば、中でご一緒できましたものを」

と、衆目《しゅうもく》の中に親しく言葉を交わす。権十や助八と話していたのはごく一般の檀家で、中から丁稚をともなって出て来たのは、檀家総代のようだ。

二人は衆目のなかに立ち話になった。

総代は言う。中で秘密めいた話をしていたのではなさそうだった。

「いま寺社奉行さま配下のお武家が来ておいでですが、寺としてはまったくのとばっちりでしたようで。朝、日の出まえに小坊さんが山門前を掃き清めようとして外に出てみると、そこに武家奉公らしい女人《にょにん》の死体が。寺僧《じそう》の診立《みたて》では、心ノ臓をひと突きにされ、苦しみもなく即死とみられますそうな」

人だかりはそこに集中する。もちろん権十と助八も上げかけた駕籠尻をもとに戻し、駕籠ごと人だかりの一角を占めた。

「寺男がホトケの顔を見知っており、すぐ黒鍬組に寺僧が走り、匆々《そうそう》に引き取ってもらいましたそうな。え、どのお屋敷？　それは寺社奉行さまが管掌《かんしょう》するところではなく、よって寺から直接外に話すことはできませぬそうな。魚籃観音としてはすでに一件落着とのことですじゃ。そうそう、黒鍬のお人らはお城のお目付さまの領分で、町奉行所からはどなたも出張《でば》っておいでじゃないとか」

檀家総代は言い終わると、

「ほっ、これはちょうどいい。駕籠屋さん、この坂下の古川《ふるかわ》の赤羽橋《あかばねばし》までお願いしましょうか」

「へいっ、がってん」

「参《めえ》りやす、古川赤羽橋」

権十と助八は勇んで片膝を地につき、檀家総代を客に迎えた。二人にとって早くも木戸番小屋で話すものが得られた思いになり、しかも客まで得られたのだ。古川は魚籃坂を下ったあたりから、芝《しば》増上寺の近くにまで流れている。そこに架かる赤羽橋なら、近くもなくそう遠くもなく、駕籠でひと走りするには手ごろな距離だ。それに赤羽橋なら、その界隈でも、新たな客を拾えそうだ。

「へいっほ」

「えっほ」

権十と助八のかけ声に、小僧は並行して走った。

檀家総代を乗せた権助駕籠が魚籃観音の前を離《はな》れると、

「お寺さんには一件落着ですか」

「このあといくら待っても、変わった動きはなさそうですなあ」

と、見知らぬ同士が声をかけ合い、一人また一人と去り、檀家の人も帰り、魚籃坂に人だかりはなくなった。

新たなうわさや事実を集めるには、嘉助ら二本松の三人のように、直接屋敷地に足を入れる以外にない。だがそこは板塀の屋敷群で、野次馬もどきの者には憚られる。嘉助ら三人は人の嫌がる仕事で人から重宝されているのだから、ふと耳にするうわさも、並みでは聞けぬものも含まれていようか。

四

権助駕籠には赤羽橋で新たな客がつき、それからも古川に沿って増上寺の近辺をながし、

「なんともまあ、立てつづけにいい客に恵まれたぜ」

「そうだなあ。きょうの締めに、もう一度、魚籃観音に寄ってみるかい」

と、疲れた足をふたたび魚籃坂に入れたのは、陽が西の空にかなりかたむいた時分だった。すでに魚籃観音の前に人だかりはなく、山門もいつもどおり開けられたままになり、参詣人がちらほらと出入りしていた。とっくに一件落着したようすだった。

筋向かいの屋敷地の一帯も、まったく普段と変わりなく、質素ながら武家地の閑

静なたたずまいに戻っている。

「この分じゃ、二本松の嘉助らも、とっくにどっかに移っていようぜ」

「ま、そうだろうな」

と、二人はそこを素通りし、伊皿子台を経て泉岳寺の門前通りに戻った。坂道にはそこから門竹庵の前を経て入ることになる。

「あら、権十さんと助八さんだ」

と、お絹が権助駕籠に気づき、

「兄《あに》さん。あたし、ちょぃと聞いてくる」

と、下駄を鳴らし、すぐあとを追った。やはり女の身として、播磨屋のお紗希のことが心配なのだろう。お紗希はまだ〝重郎次さま〟ひと筋らしいのだ。

お絹の下駄の音が止まったのは、権十と助八が日向亭の縁台に腰を下ろし、お千佳が茶を出すよりも早く、翔右衛門が暖簾の中から出て来たところだった。大木戸近くの釣り舟の死体はともかく、数日まえの伊皿子台の辻斬り未遂に、けさの魚籃観音山門の若い女中の刺殺体と立てつづけに騒ぎが起これば、ただ近くというだけで心配も倍加どころか、泉岳寺門前町にもなんらかのかたちで、

(飛び火しないか)

町役として、そこまで思いが至るのだ。

話はまだおおっぴらにはできない。座はまた杢之助の木戸番小屋に移り、お千佳がそのほうへ茶を運ぶ。杢之助はむろん翔右衛門とお絹も、権十と助八に押されるようにすり切れ畳に上がり、押した二人は三和土に立ったままのかたちになった。

「で、どうだった」

待ちかねたように口火を切ったのは翔右衛門だった。

「聞いて来やしたぜ」

「朝のうちでやしたが」

と、権十と助八は、檀家の町衆、それに山門内に入っていた檀家総代の話を、かわるがわるに話した。

寺にとって一件落着したことは、翔右衛門、杢之助、お絹にも、ひとまず安堵を覚えるものだった。

権十と助八の話は、伊皿子台で聞いたおかみさんの大げさな〝血の海〟にまで及んだ。その話は、実際の〝血の染みさえなかった〟話につながる。すり切れ畳の上から、翔右衛門、お絹、杢之助はうなずきを返した。

「釣り舟のホトケも、観音さまのご門前のも、似た手口ですね。苦痛が最小限にとどめられ、血が流れる量も少ないという、刃物で心ノ臓を違《たが》わずひと突きに……。ああ恐ろしい」

　お絹が肩を震わせ、

「おそらく、心得のある者が……」

　李之助が推測したのへ、

「つまり、殺《や》りやがったのは、すべて侍《さむれえ》ってことになりやしょうかねえ」

　権十があとをつづけ、助八がさらに、

「あの締まらねえ辻斬り騒ぎも、お武家らしいってんだから……」

　李之助の推測につないだ。

　翔右衛門は、

「その線が濃くなって来ましたねえ」

「まさか」

　お絹が驚きを声に出し、翔右衛門に視線を合わせた。

　李之助もその視線に加わったが、みずから意見を出すのは控えた。脳裡には、翔右衛門とお絹が描いたであろうその人物が浮かんでいたが、三人ともそれを口にするのは控えた。

翔右衛門は権十と助八に視線を向け、

「その檀家さんも総代さんも、お目付については、なにか言ってなさらなかったか」

「奉行所じゃのうて、お城のお役人のことですかい」

権十が問い返し、助八が、

「そういえば、話題に出たのは寺社奉行さまだけでやした」

「お寺さんはお目付さまとつながりはないでしょうから。その配下の方々は直接組屋敷のほうへ……。そんな気配はありませんでしたか」

お絹が問いを入れた。

「それらしい人が観音さまから屋敷地のほうへ入《へえ》ったと聞きやしたが、あいにくあっしら、屋敷地のほうから声がかからなかったもんで」

「そうそう。組屋敷なら二本松の嘉助たちが入って行きやしたぜ。あいつら、まだ戻って来ておりやせんかい」

と、権十と助八はまだ、黒鍬組の斎藤家と播磨屋の縁談のことは知らない。だからそれほど黒鍬組の屋敷地にこだわることはなかった。

「まったく、どこのどいつでえ」

「そいつを殺して、釣り舟に乗せるかお寺の山門で磔《はりつけ》にしてやりてえぜ」

二人そろって、世間を騒がせる者への憎悪を滾《たぎ》らせ、

「おっと、暗くならねえうちに湯に行かなきゃ」

「おう、そうだ。それが楽しみで働いてるようなもんだからなあ」

二人は腰を上げた。きょうは湯舟での話題を、ふんだんに仕込んでいるのだ。

日の入りにはまだ間がありそうだが、腰高障子に射す明るさがかなり弱くなっている。

日暮れてから火を扱う仕事はご法度《はっと》になっており、湯屋は陽が落ちればかまどに新たな薪《まき》をくべることはできない。日の入り時分に湯舟に飛び込んでも、湯はぬるくなるばかりだ。これを〝残り湯〟といって、そこに入るのは男も女も江戸っ子の恥とされた。高輪界隈でも、その気風《きっぷ》に変わりはない。

権十と助八が三和土を出て外から腰高障子を閉めると、部屋の中はいくらか薄暗くなり、街道に面した障子窓の白さが、部屋の中に浮かび上がった。そこに翔右衛門とお絹と杢之助は、互いに顔を見合わせた。

三人ともやはり、一人の人物の名が、のどまで出かかっているのだ。

証拠はない。あるのは状況からの推測のみである。だが、確信は持っている。そ

こに必要となって来るのは、お紗希の縁談もさりながら、

(町への飛び火を、どう防ぐ)

そっくり、杢之助の心境である。

お絹が言う。

「このこと、さっそく兄の細兵衛に」

「それがいいかも知れませんねえ」

「では」

お絹が翔右衛門の返事にうながされ、腰を浮かしかけたところへ、腰高障子に数人の人影が立った。

五

すぐに分かった。

「木戸番さん、いなさるかい」

声とともに腰高障子が外から開けられ、きょうの木戸番小屋は千客万来か、そこに立っていたのは嘉助と耕助、蓑助の三人だった。しかも頰かぶりでなく、昼間の

半纏も着替え、なにやら小ざっぱりしている。

「おう、待ってたぜ。さっきまで権助駕籠の二人が来ててなあ。おめえら、魚籃坂の組屋敷のあたりをながしてくれたんだってなあ。けっこういい話、聞けたんじゃねえのかい」

「それさ」

と、嘉助が杢之助の問いに、三和土に一歩入って応《こた》える。

竹籠は背負っていない。

「驚きじゃございませんかい。あの屋敷地に色恋のこじれたのがあって、それが殺しにまで……」

「えぇえ！」

声を上げたのはお絹だった。薄暗かったせいか、すり切れ畳にいるのは杢之助だけでないことには気づいていたが、それが誰と誰であるか、三人はようやく解したようだ。

嘉助が、

「これはちょうどよござんした。日向亭の旦那に、門竹庵のお人じゃございませんかい。いえね、もっと早《はよ》う来たかったんでやすが、話は挨拶《あいさつ》程度に済みそうじゃござんせんので。それでこのままじゃいけねえと思い、ひとつ風呂浴びて着物も着替えて来たんでさあ」

湯屋では権助駕籠と入れ替わりになったようだ。

「ふむ、上がりなさい。ゆっくり聞きましょう」

翔右衛門は三人に期待し、すり切れ畳を手で示した。上がれと言われても木戸番小屋は六畳ひと間で、質素というより粗末《そまつ》な衝立《ついたて》の向こう側に夜具や衣類、日常の品々が置いてあり、実質は四畳半もないくらいだ。

すでに杢之助のほかに翔右衛門とお絹が上がり込んでおり、そこへ若い衆が三人も、あぐらは無理で端座になってもせま苦しい。耕助と蓑助はすり切れ畳に浅く腰だけ据え、嘉助ひとりが上がって端座の姿勢になった。

「あらあらあら」

と、人数分のお茶を運んで来たお千佳が、その詰め込みように驚きの声を出す。すでにここに権十と助八が加わったりすれば、それこそ数人が立見席になろうか。すでにそうなっている。お絹は兄の細兵衛を呼びに帰らず、そのまま座に残った。

嘉助はつづけた。

「もちろん、そうと決まったわけじゃありやせん。そんなうわさもあるということでして」

「そのうわさとやら、詳《くわ》しゅうに」

「そお、聞きたい」

翔右衛門が真剣な表情で応えたのへ、お絹が相槌《あいづち》を入れるようにうながし、上体を前にかたむけた。

「あっしらも、それを話しに来たんでさあ」

嘉助は前置きし、

「殺されなすったのは、黒鍬のお屋敷のお女中ということになっておりやすが、実はお嬢さまで、なんでも組屋敷一帯で評判の器量よしとか。まあ、あっしらから見りゃあ、高嶺の花というか、雲の上の天女さままでさあ」

耕助と蓑助もすり切れ畳に腰を据えたまま、大きくうなずきを入れた。

「その麗《うるわ》しいお姫さまに縁談があったのは、禄高《ろくだか》が黒鍬組の数倍もあり、格式も旗本で黒鍬のような御家人ではなく、それこそ美人は得と言いやしょうか、いっそうの玉《たま》の輿《こし》でさあ」

翔右衛門とお絹は怪訝《けげん》な表情になった。杢之助も同様である。描いていた筋書きと、かなり異なるのだ。

「それで？」

李之助は淡々とした表情でさきを促した。

「なにぶんそのお姫さまさあ、器量よしなもんで、ほかの旗本家からも声がかかっており、ほれ、もうお分かりでやしょう。姫のお屋敷じゃ、その一つの旗本家との縁談を受けなすった。すると嫉妬《しっと》に狂ったもう一人のほうが、黒鍬の屋敷地にまで来て、姫を連れ出しブスリ……と」

話が予測したのとかなり異なっている。新たな恋狂いの無惨な話にお絹は顔をゆがめ、翔右衛門はひたいに皺《しわ》を寄せた。

「そんなことで、人ひとり刺すとはねえ」

ぽつりと言ったのは、腰を浅く下ろしている蓑助だった。

「前後の見境もつかねえほどに狂ったのならな」

李之助が淡々とした口調で応じ、

「で、狂った旗本はどこの屋敷の者か、うわさは言ってなかったかい」

「それが……、話がそこまで進むと、あの界隈のお人ら、男も女も老いも若きも、みなさん口を閉じなすって……」

「話してもらえなかったかい」

杢之助のさらりとした言いように、翔右衛門が落ち着いた口調でつないだ。

「黒鍬組の屋敷地は広うて門の数も多く、それだけ枝道も多いだろう。おまえさんたちの稼業だ。くまなく回ったんじゃないのかね」

「そりゃあもう。それがあっしらの仕事でやすから」

嘉助が反発するように返し、

「三人手分けして、すみずみまで」

耕助がつなぎ、蓑助がうなずきを入れる。

お絹が引きつった表情のまま、

「だったら一軒や二軒、ようすがおかしな屋敷、気がつきませんでしたか。お嬢さまを殺されなさったお屋敷ですよ。当然人の出入りがあり、確実にまわりのお屋敷とはようすが異なるはずですが」

「もちろん、そう思いやして」

「気をつけてまわりやした」

嘉助に耕助がつなぎ、

「それにあの屋敷のなかには、家作に町人を住まわせているところもありやす」

「それなら借家のお人らに訊いてみませんでしたか」

問いをつづけるお絹に、

「それがどうもみょうなんで」

嘉助は言いながら首をかしげ、

「枝道にたむろしていたご新造《しんぞ》さんたちから聞いた以外のことは、なにも聞き出せねえんで」

「ご新造さんやお女中衆やお中間さんたち、外に出歩いておいでじゃなかったのですか」

と、お絹。

蓑助が返す。

「へえ。みなさん、なぜか外に出ておいでじゃなく、借家に住んでいるお人たちもおなじで……」

「そうかい。うーむ」

杢之助は淡々とした表情から考えこむ顔になり、

「あの組屋敷のお人ら、こいつは一枚岩《いちまいいわ》かも知れやせんぜ」

と、翔右衛門とお絹に視線に向け、さらに言った。

「嘉助どんたちが最初に聞いたのは、組屋敷のご新造さんたちがその場でとっさに言いこしらえ、よそ者にゃ真相は覆い隠しちまった……と。そのように思えやすが」

　李之助は話を聞きながら、自分の推測を進めていたようだ。

「つまり、屋敷のご新造さんたち、誰が殺《や》ったか気づいて、それをかばっているのかどうかは分かりやせんが、ただよそ者への警戒心が働き、咎人《とがにん》を他所につくり、ともかく黒鍬の屋敷地に立ち入らせないようにしよう……と」

「わずかの時間に、そんなことが話し合えますか。屋敷の数も多く、住人の数も多いはずですよ」

　翔右衛門が疑問を示す。

　李之助は応じた。

「そう、そのとおりでさあ。だから道端《みちばた》で急いで野寄合《のよりあい》などをやったってんじゃのうて、自然にそうなったってえところじゃござんせんかい。儂はそう思いやすぜ。最初に嘉助らが聞いた話なんざ、誰でもとっさに思いつきそうな、猟奇的な殺しでさあ。実際にそんな恋狂いなどありゃしねえ。話が大げさで出来過ぎてまさあ。それに旗本屋敷がからんできて、町場の者も奉行所も立ち入らせないようにできているじゃありやせんかい」

「うーむ」

翔右衛門はうめき、杢之助はさらにつづけた。

「いえいえ、悪気《わるぎ》があったわけでもなく、嘉助どんたちが乗せられたってえことでもねえ。あそこは一つにまとまった、外部に対しては結束の固《かて》え、特殊な土地《とこ》でござんしょう。おそらくこのあと、お目付の手先で公儀隠密みてえなお人らが入《へえ》りなすっても、得るのは嘉助どんたちと似たような話になると思いやすぜ」

「現にお女中が一人、ひと突きで殺されているんですよ。その罪人が、屋敷のお人らにも分からない、と。それともしっている……と？」

お絹が問いを入れた。

杢之助は応じた。

「ああいう土地は、外に対しては結束を示しても、内にはそれぞれに妬《ねた》みもあれば足の引っ張り合いもありやしょう。おそらく真相の分からないまま、疑心暗鬼の日々を過ごし、やがていずれかにほころびができ、本当のところが洩れ伝わって来やしょう。そのときにゃ嘉助どんに耕助どん、蓑助どん。おめえさんらがまたあの屋敷地の枝道をながせば、こんどこそ自然に係り合いのある屋敷が、浮かび上がってくると思うぜ」

李之助は視線を三人に一巡させた。

蓑助がその視線に応えた。蓑助には二十日あまりまえ、釣り舟の死体の奉公先を証言した実績がある。

「それって、いつごろになりやすかい」

「分からねえ。いまごろすでにほころびが出ているか、あしたになるか、もっとさきか。今朝《けさ》のホトケはすでに大勢のお人らが目にしており、寺社奉行とお目付がからみ合うややこしい土地だが、うやむやに終わることはあるめえよ。すくなくとも、土地の人にゃあ、ホトケを引き取ったのはどの屋敷か、殺《や》ったやつだって分かってくるはずでやしょうから」

李之助は〝終わらねえ〟ではなく、〝終わらせねえ〟と言いたかった。だが、そのような自分を主体とした話はできない。自分はあくまで、野原の枯れ葉一枚であらねばならないのだ。

知らぬ間に陽は落ち、腰高障子に射す明かりはすでに失せていた。

「いけねえっ。きょうは陽が落ちりゃあ、二本松で丁半の開帳だ」

耕助が言ってすり切れ畳から腰を上げたのへ、

「おぉ、そうだった。あっしらこれで失礼を」

嘉助も腰を浮かし、ふり返って言った。

「あしたかあさって、またあの屋敷地をながしてみまさあ」

耕助と蓑助につづいて敷居をまたぎ、外から腰高障子を閉めた。

部屋の中はすでに薄暗く、油皿に火が欲しい時分となっていた。

そこはふたたび、翔右衛門とお絹と李之助の三人になった。

お絹があきれたような顔で言った。

「さっきあの人たち、丁半がどうのって言ってましたが、二本松さんじゃまだ賭場《とば》を?」

「ああ、幾日かおきにやっているらしい。したが、耕助がさっき言ったように、あくまで仲間内の小博奕《こばくち》で、動く銭《ぜに》も親方の丑蔵さんが一文銭《いちもんせん》か四文銭《しもんせん》に限定し、目を光らせていなさるようだから、本格的な賭場にはならねえでしょう」

「でも」

お絹が不満そうに言ったのへ翔右衛門が、

「まあ、人には息抜きの場も必要でしょうから。丑蔵さんが仕切っていなさるなら、心配はいらないでしょう。あの若い三人が世話役のようなことをしているのも、私は知っていますよ。それよりも……」

と、話をまえに進めた。

「きょうのこのこと、木戸番さんの推測じゃ、斎藤重郎次どのが係り合っていないと判明したわけではないようですねえ」

「そうなりますさあ。ひときわ優男《やさおとこ》で女にもてるとなりゃあ、まったく関係なしとは断言できやせんや。分からねえのは、大木戸近くの釣り舟の一件と、伊皿子台の辻斬りでさあ。まあ、辻斬りは未遂でやしたが。それらがけさの魚籃坂の一件と、なんらかのかたちでつながっているとなりゃあ、こいつは大事《おおごと》ですぜ」

「そう、そうですよ。だから日向亭さんから、播磨屋さんにこれまでのあの屋敷地の動きをすべて話し、縁談を反故《ほご》にしないまでも、しばし足踏みしてもらうよう話せませんか」

お絹が言ったのを日向亭翔右衛門は受け、

「足踏みですか。なるほど、それなら武吉さんもお紗枝さんも、お紗希ちゃんを説き伏せることができるかもしれません。いきなり破談を持ち出すのではありませんからねえ」

「そのしばしのあいだに、事件の真相が明らかになれば……」

お絹は視線を杢之助に移した。信頼しているのだ。杢之助ならきっと、なんらかの手を打ち、真相を暴《あば》いてくれる……と。翔右衛門の視線も、そこに加わった。

杢之助はそれらの視線に言った。

「買いかぶってもらっちゃ困りやすぜ。儂にできることといやあ、きょうみてえに権助駕籠と二本松の若《わけ》え三人衆に現場に入ってもらい、聞いて来たうわさをまとめるくらいでさあ」

「それが大事なんですよ」

翔右衛門はうなずくように言った。

さきほどの三人衆の話を驚愕とともに鵜呑《うの》みにしていたなら、話はそこまでだった。だが杢之助は、組屋敷の土地柄から推し、真相はほかにあるはずと判断し、三人衆をふたたび組屋敷の枝道に入れる手筈《てはず》を整えた。

（どこで身につけなさったか、私にはできない技量だ）

翔右衛門はさっきからそれを思っている。この分なら権助駕籠もまた魚籃坂をながし、なにがしかをつかんで来るだろう。それらがこの木戸番小屋に集まる。

（この木戸番さんがおれば、門前町は安泰《あんたい》じゃ）

お絹以上に思いはじめている。

お千佳が手燭《てしょく》を持って来た。部屋の中は薄暗く、外も火灯《ひとも》しごろになっている。

日向亭はすでに雨戸を閉めていた。

坂上の門竹庵も暖簾を下げ、表戸を閉めたのだろう。番頭が提灯を手に、お絹を迎えに来た。

あした午前にも日向亭翔右衛門と門竹庵細兵衛が播磨屋を訪《おとな》い、武吉とお紗枝の夫婦と話し合うことになるだろう。武吉とお紗枝も親として、娘の仕合わせを思えば、今宵は飛び交ううわさに、眠れぬほどに狼狽《ろうばい》するはずなのだ。

杢之助も眠れなかった。もっとも木戸番人が夜二度の夜まわりを終えるまで、眠っては困るのだが……。

手拭《てぬぐ》いを頰かぶりに、地味な着物を尻端折《しりはしょり》に、提灯の棒を腰に差し、手にした拍子木《ひょうしぎ》を、

――チョーン
街道から家々の輪郭が両脇に黒くつづく門前通りを見上げ、一つ打った。今宵最後の拍子木の音だ。背に波の音がながれている。

他の町場より大きめの、観音開きの木戸をかけ声とともに閉め、暗い坂道に向かってふかぶかと一礼する。

木戸番人としての、きょう一日の仕事は終わった。

木戸番小屋に戻った。

提灯の火を油皿に移す。

すり切れ畳の上で、外から聞こえる波音のなかに思えてくる。

(枯れ葉に降りかかるかも知れねえ火の粉はよう、命がけでふり払わせてもらいまさあ。したが、買いかぶりはよしてくだせえ。かえって動けなくなりまさあ)

いつものことである。胸中にそれを念じるとき、すでに杢之助は風の吹くのを本能的に感じ取り、事件のなかに舞い上がっているのである。

これまでは、

(町奉行所の与力や同心のなかにゃ、どんな目利きがいるか知れたものじゃねえ)

と、その警戒心が片時も脳裡から離れることはなかった。だから影走りをしてでも、町に奉行所の役人が入らないように図《はか》ってきたのだ。

ところが大木戸の外に出て、町奉行所の手が届かなくなったことにホッとしたのも束の間、そこは八州廻《はっしゅうまわ》りか寺社奉行、場合によっては火付盗賊改方《ひつけとうぞくあらためがた》の手が入るかも知れない土地だったのだ。

現場となった魚籃観音は、門前の死体と係り合いなしで一件落着となった。だが、事件の進捗《しんちょく》によっては、思いも寄らぬ寺社奉行かお城の目付が出張《でば》って来るかもしれない様相となりそうなのだ。

その手先がすでに魚籃坂に入っているかも知れない。そこに斎藤家が係り合っているとしたなら、手先は泉岳寺門前町にも来るだろう。まっさきに聞き込みを入れられるのは、木戸番小屋の杢之助である。杢之助にとっては、どんな目利きなのかまったく得体の知れない相手なのだ。

風が出たか、波音が強くなったようだ。

愚痴ではないが、思われる。

(播磨屋さん、厄介な相手と、目見得などしてくださいやしたねえ)

波音は高鳴ったまま、静まりそうになかった。

六

日の出まえだ。

いつものように、木戸を開ける音が袖ケ浦の波音に重なる。

早朝の潮風を受けながら棒手振たちが、

「おう、木戸番さん。きょうも元気そうで」

「いつもありがとうよ」

声を投げ、泉岳寺門前町の坂道に入り、いっせいにそれぞれの触売《ふれうり》の声をながす。

棒手振たちはひと呼吸でも速く商《あきな》いにかかろうとする。それでもやはりきのうの魚籃坂の死体は衝撃だったのか、

「聞いたかい、木戸番さん。きのうよ……」

と、それを話題にする者もいる。

杢之助は、

「そうらしいなあ。すぐ近くで、儂も驚いたぜ」

と、あくまで第三者としての興味の示し方をこしらえた。

このあと、泉岳寺門前町では、あらためて魚籃坂の一件が語られることになるだろう。


かまどの煙とともに、ひとしきりつづいた朝の喧騒が終わったころ、

(えっ、お客さん?)

杢之助は木戸番小屋の前から、向かいの日向亭に視線を投げた。取引先の小僧か

も知れないが、どうも気になった。訝《いぶか》るのではなく、ただ、気になったのだ。

暖簾を掲げ、縁台を出したばかりの玄関口に、丁稚髷《でっちまげ》に前掛け姿の小僧が街道から、急ぐような足取りで入って行ったのだ。知らぬ顔で、品川方面から来たようだ。

小僧はすぐに出て来て、また街道を品川方向へ急ぎ足で帰って行った。足取りが軽やかだ。

お千佳が玄関先の水まきか、水桶《みずおけ》と柄杓《ひしゃく》を持って出て来たので、杢之助は近寄り、

「さっき、どこかのお店《たな》の小僧さんが来たようだが、こうも早《はよ》うから仕事の遣《つか》いかね。品川のほうからのようだったが」

「あら、木戸番さん。お早うございます。ああ、さっきの小僧さんですね。品川の老舗《しにせ》の小僧さんで、お仕事といやあお仕事でしょうが」

やはり品川からだったが、みょうな言い方をする。

「なんだね、仕事でもそうでもないような」

「うふふ。ときどきあるんですよ。小僧さん、楽しそうだったでしょ」

「ああ。そういやあ、そのようにも見えたが」

杢之助は返し、女中は水桶と柄杓を手にしたまま話しはじめた。

品川に暖簾を張るお店で、江戸府内に本店《もとみせ》か分店《わけみせ》があり、奉公人の多くも江戸府内から来ているなら、あるじか女将《おかみ》さんのはからいで、奉公人が郷里の実家に戻れる年二回の藪入《やぶい》りのほかに、それに近い休暇を設けるところがある。

お店を挙げて高輪の泉岳寺に朝の早い時分にお参りをするのだ。品川から東海道を泉岳寺まで小半刻《こはんとき》（およそ三十分）とかからない。参詣といっても法要ではない。本堂に合掌《がっしょう》し裏手の墓所に線香を手向《たむ》けるだけである。それが終われば参道の茶店でひと息入れ、あと奉公人たちは自儘《じまま》が許され、お店には町の木戸が閉まるまでに帰ればよい。

藪入りは睦月《むつき》（一月）と文月《ふづき》（七月）の十六日前後と決まっているが、泉岳寺参詣に日時は決まっていない。料亭など客商売の商舗《みせ》では、予約の途切れた間隙《かんげき》を縫《ぬ》って突然おこなわれ、まえの晩かその日の朝に告げられた奉公人たちは、突然のことに歓声を上げる。

そのままみんなでそろって出かけ、参詣のあと参道か門前の茶店に入って一応のけじめとする。奉公人の少ないお店では、目についた茶店の縁台で間に合うが、十数人から二十人を超えるような大店《おおだな》では、しかるべき茶店に時間切りで部屋を取っておかねばならない。商家にも格式はあるのだ。

もちろん、その参詣は泉岳寺に限ったことではない。品川から江戸に入るには、高輪の泉岳寺がちょうどいい中継地になるのだ。四十七士へのお参りも、きょう一日単なる遊びではなく、目的があって身を引き締めることにもなる。

「さっきの小僧さん、そうしたお店のお遣いですよ。女将さんが半刻（およそ一時間）ばかり奥の部屋をすべて、ほかのお客を入れず空けておきますと言うと、小僧さん勇んで帰って行きました」

「ほう。それは小僧さん、遣いは遣いでも、楽しい遣いになったろうなあ」

きのうとは異なり、朝からいい話だ。

「その小僧さん、奉公人には女の人も多いから、添え物の煎餅《せんべい》は甘いのにしてくれって、注文までつけて行きましたよ」

「ほうほう。それはまたそのお店のお人ら、いい奉公先に恵まれなすったようだなあ。品川のなんというお店だい」

往還で立ち話のかたちになり、杢之助は何気なく問いを入れた。

お千佳も何気なく応えた。

「ずっとまえにも一度いらしたことがあり、品川では知られた海鮮割烹《かいせんかっぽう》の老舗《しにせ》で、浜屋《はまや》さんといいました」

（な、なんと！）

李之助は仰天した。

品川の浜屋は、太一《たいち》の奉公先ではないか。

その太一が団体とはいえ、すぐ向かいの日向亭に来る。

李之助は心ノ臓の高鳴りをお千佳に覚《さと》られまいと懸命になり、

「時間決めって、いつごろになりそうなんだい」

「さっきの小僧さんが品川に戻り、それから皆さんで参詣にお越しになるのだから、だいたいそのくらいの時分に」

「ああ、そういうことになるなあ。まあ、しっかり打ち水をして、清々《すがすが》しく迎えてやんねえ」

落ち着いた口調をつくり、ゆっくりときびすを返した。

すり切れ畳の上である。

「ふーっ」

大きく息をついた。

心ノ臓が波音をかき乱すか、まだ鼓動は高鳴ったままである。

つい先日、両国米沢町から中島屋の手代の紀平が、両国に清次が訪ねて来て李之助の行く末を心配し、落ち着き先を気にしていると聞かされたばかりである。杢之助は、そのうち自分からつなぎを取ると応えた。

つなぎはまだ取っていない。清次やその周辺の人たちのことを思い、このまま行《ゆく》方知《かたし》れずにしておきたいとも思っているのだ。そこへきょう、しかもこのあとすぐだ。太一が泉岳寺門前町に来る。杢之助は腰高障子一枚を隔てたなかに、息を殺していることになろうか。

四ツ谷左門町の木戸番小屋にいたころ、大盗《だいとう》白雲一味のとき弟分だった清次が、番小屋とは背中合わせで甲州街道に面して、夕刻には居酒屋を兼ねる一膳飯屋の暖簾を張っていた。番小屋の奥の長屋に住むおミネが、その飯屋を手伝っていた。子供が一人いた。それが太一だ。

おミネが清次の一膳飯屋で働いている昼間、幼少の太一は杢之助の木戸番小屋で遊んでいた。手習い処に通うようになってからは、木戸番小屋に声を入れてから街道に飛び出していた。帰って来ると木戸番小屋に飛び込み、母親の仕事が終わるまで、木戸番小屋で遊んでいた。身寄りのいない杢之助は、太一を可愛がった。

「——ほんに太一ちゃん、木戸番小屋の子じゃ」

と、町内の者は言っていた。

そのたびに李之助はハッとし、しばらく鼓動が収まらなかった。

おミネはそのような李之助を頼りにし、日々の生活《たつき》でさまざまに世話を焼いていた。そのままおミネは太一を連れて長屋を引き払い、木戸番小屋に住みつきたいと秘かに願っていた。夫婦で木戸番人をしている例は、ないわけではないのだ。

李之助にはおミネの心情が嬉しかった。

だが、決断できなかった。

もしそうなれば、

（おミネさんは、元盗賊の女房になってしまう）

できない。

それだけではない。

（太一まで元盗賊のせがれに……）

断じてそうなってはならない。

その太一が縁あって品川の海鮮割烹の浜屋に、包丁人見習いとして奉公に上がったのは、十二歳のときだった。

李之助は喜んだが、おミネは泣いた。

土地の岡っ引に必殺の足技を見られ、以前を詮索されそうになり、深夜に清次に見送られ、四ツ谷左門町を離れて両国米沢町の木戸番小屋に入ったのは、そのあとのことである。

ことし太一は十五歳になる。毎日、包丁の修業に励んでいることは、風の便りに聞いている。そのつど杢之助は思った。

（やはり儂のせがれにしちゃならねえ子だった。そのまま早《はよ》う一人前になり、おっ母《か》アを安心させてやるんだぜ）

その太一がきょう、浜屋の一同とそろって泉岳寺にお参りに来て、向かいの日向亭に立ち寄る。

杢之助の胸中にながれるものがあった。

（おめえ、いい奉公先に恵まれたなあ）

だが、その喜びは瞬時だった。

向かいは木戸番小屋である。造作《ぞうさく》はどの町も似ている。

（儂のことを思い出すだけならまだいい）

四ツ谷時代への懐かしさから、

（ちょいと中を）

と、腰高障子に訪《おとな》いを入れたりしたらどうなる。

そこにいるのは、四ツ谷のときとおなじ杢之助である。

驚くだけではない。太一はそのあと高輪の大木戸を入り、四ツ谷へ走るだろう。そこには母親のおミネはむろん、清次がいる。町内の懐かしい面々とも会うだろう。

口止めはできない。する理由がないのだ。四ツ谷左門町の住人は清次と女房の志《し》乃《の》をのぞき、なぜ木戸番人の杢之助が不意にいなくなったのかを知らないのだ。

(どうする)

間もなく、太一のいる浜屋の一行が、泉岳寺参詣に来る。

杢之助の足は木戸番小屋を出て向かいの日向亭に入り、あるじの翔右衛門を呼んだ。

口入屋

一

「ほう。権助駕籠や二本松の若い三人に任せるより、木戸番さんが直接行ってくださるか。そりゃあ心強い」

朝早くに杢之助が顔を出し、玄関先での立ち話のかたちで、これから直接黒鍬組の屋敷地を探《さぐ》ってみたいと言ったものだから、日向亭翔右衛門は気を引き締めた表情になった。

「番小屋の留守《るす》は日向亭《うち》で見ていましょう。おぉ、そうじゃ。あの茶汲みを一人付けよう。ほれ、愛想のいい、あのお千佳を……」

声を落とした。日向亭も門竹庵も、播磨屋の縁談の件は、

（おもてにさせず、端《はな》からなかったことに……）

と、暗黙の了解をしている。

町に面倒が起こらないようにとの配慮からだが、
（お紗希ちゃんのためにも）
と、もちろんその思いもある。
日向亭翔右衛門も門竹庵細兵衛も、お紗希が坂道を走ったり転んだりしていると
きから知っているのだ。
それだから杢之助が直接黒鍬組の屋敷地に探りを入れることに、ことさら心強く
思ったのだ。
杢之助はそうした町内の住人同士の心情を、よく解している。
翔右衛門は立ち話のまま、顔を杢之助に近づけ、
「目見得《めみえ》のとき、縁台にお茶を出した女中でしてな。あのときが播磨屋さんと黒鍬
組の斎藤家との目見得だったことは話しておりませんのじゃが、相手はまあ見栄《みば》え
のするお武家じゃったから……」
口元をゆるめるよりも、逆にひたいに皺《しわ》を寄せ、
「お千佳も年ごろじゃで、顔を覚えているかも知れませんじゃ。そうであれば、な
にかと便利じゃなかろうかと思いましてな」
「いや、旦那。そりゃあ、かえってまずうござんすよ。聞き込みなんてものは、相

手にそれと知られちゃやりにくうなりやすから」

杢之助は言ってしまってハッとした。まるで探索の手順を心得ているような印象を与えたかも知れない。

翔右衛門は言う。

「ほう、さすがは門竹庵さんの見込まれた木戸番さんじゃ。よう気づきなさる」

懸念するほどのことはなかったようだ。

さらに杢之助はつづけた。

「それよりも旦那、先方の斎藤屋敷の場所は知っておいでか」

「ああ、そのことなあ。実は、私も知りませんのじゃ。迂闊《うかつ》でした。このほうこそ、探りを入れるには、知っておかねばならぬことじゃからなあ。播磨屋さんならむろん、知っておいでのはず。これから一緒に行って、訊いてみましょう。あ、探りなどとみょうなことを。あくまで身上調べでしたね」

「あはは、旦那さまもお口がきつうござんす」

と、玄関先での立ち話を奉公人たちに訝《いぶか》られないように笑顔をつくり、その場から二人は肩をならべてというより、地味な着物を尻端折《しりはしより》にし下駄《げた》を履いた杢之助が、着ながしに羽織を着けた翔右衛門の一歩あとにつづいた。

すでに通りには往来人が出ていたが、音のない李之助の足元に、わざわざ注意を向ける者はいないようだ。

(帰りには、人並みに音が立とうか)

思い、

(これで午《ひる》までの時間をいくらか過ごせば、太一はもう大木戸を江戸に入っていることになろうか)

下駄の音より、この思いこそ誰にも知られてはならないのだ。

翔右衛門も、このあとしばらくすれば品川からの団体が茶店に上がる件は、話題にしなかった。一緒に坂の中ほどの播磨屋へ行くにも立ち話のその場から向かい、いくらか足が急《せ》いているように感じられるのは、そのことが念頭にあるからか。

播磨屋では日向亭翔右衛門が来たというので、すぐに玄関近くの一室を用意し、亭主の武吉も女将《おかみ》のお紗枝も顔をそろえた。李之助は遠慮気味に、翔右衛門の斜めうしろに端座の姿勢をとった。

翔右衛門が来意《らいい》を告げると武吉は、

「これは木戸番さん、頼りになるお方と聞いておりましたが、そこまで」

とよろこび、お紗枝は、

「さあ。遠慮なさらず、もうすこし前へ」

と、手で畳を示す。

杢之助が気持ちだけ前にすり出て、これまでの権助駕籠や二本松の三人衆の話をすると、播磨屋夫婦の顔はますます真剣さを帯びた。

武吉もお紗枝も、

「重郎次どののよからぬ行状を、まえもって聞いておりましたなら……。なにぶん仲立《なかだち》のお医者さまが、界隈では名の知られたお人でしたもので」

「それに、お武家に縁付けば、孫は侍《さむらい》に……。播磨屋の稼業は、妹のお紗智に婿《むこ》をとって……、などと」

交互に言う。

「分かりますよ、播磨屋さん。それよりもいまは……」

日向亭翔右衛門は慰《なぐさ》めるように言い、斎藤家の所在を質《ただ》した。

播磨屋夫婦は詳しく語り、

「なにを聞いても驚きはしませぬ」

と、木戸番人の杢之助が、斎藤家との縁組を破談に持ち込む材料を持ち帰ることに期待を示した。

　このあと李之助は、翔右衛門が帰りを急いでいるようすなのへ、

「門竹庵の旦那には、儂《わし》から話しておきますじゃで」

　と、配慮を示し、門竹庵には一人で行くことにした。

　日向亭翔右衛門には、品川から浜屋の一行が来れば、顔を出し挨拶もしておかねばならない仕事が待っている。

　播磨屋の前で翔右衛門は亭主夫婦に見送られ坂を下り、

「それでは儂は」

　と、李之助は坂上に向かった。黒鍬組への聞き込みもさりながら、

(危ねえところだったぜ)

　安堵の息をつき、音のない足が軽やかになっていた。いまこの時点に浜屋の一行が泉岳寺門前町の木戸を入ったとしても、太一とは確実にすれ違いになる。

　坂上の門竹庵では、まだ客はいないものの、暖簾《のれん》は出していた。

　訪《おとな》いを入れるまでもなく、店場にはお絹が出ていた。娘のお静はすでに泉岳寺の手習い処に行ったようだ。

細兵衛は昨夜、お絹から木戸番小屋で翔右衛門を交えて語った内容を聞かされ、事態の行方を案じていたのであろう。杢之助が店場に来ていると聞き、すぐに裏手の仕事場から出て来た。

杢之助が直接、黒鍬組の屋敷地へ探りを入れる話に、

「そりゃあ日向亭さんも播磨屋さんも、心強《こころづよ》う思われたことでしょう」

と、期待を示し、お絹は、

「あたしも一緒に。あの屋敷地で扇子《せんす》や提灯《ちょうちん》の商《あきな》いを装《よそお》えば、かなりのうわさを集められますよ」

言うではないか。

杢之助の考慮になかったことだ。それをお絹から言いだしたことに驚き、

（おっ。その手があったか）

感心もした。商いの経験がない杢之助に、発想し得ないことである。扇子や提灯のご用聞き……、行商である。しかも小間物などに女の行商人は珍しいことではない。お絹は竹細工職人と小田原で所帯を持ち、無から扇子屋を始め、商いの修業も経験もじゅうぶんに積んでいる。

細兵衛も、

「うむ。それはよい」

と、お絹の技量に太鼓判を押した。

さっそく準備が始まった。

手代と小僧が出て来て、肩紐《かたひも》のついた葛籠《つづら》に扇子、団扇《うちわ》、提灯などを手際よく入れ、

「さあ、品はこれだけで、行商に合った物ばかりです。元張《もとちょう》はこれです」

と、新しい大福帳をお絹に渡す。行商であれば、そう値の張る品は入っていない。そのあたりはお絹も心得ている。

葛籠といっても蔦《つた》の木ではなく、門竹庵らしく竹製で、それ自体が商品見本の一つになっている。

手代が、

「それじゃ、木戸番さん」

葛籠を杢之助に背負わせた。

「ほう。これは思ったより軽《かる》うございやすねえ」

「そりゃあ、品が品ですから。ほう、木戸番さん。似合いますよ」

杢之助が言ったのへ番頭が返す。

そのときのいで立ちは、尻端折にした地味な着物に変わりはないが、下駄をわらじに履き替え、頬かぶりの手拭《てぬぐ》いをとり、笠をかぶっていた。

お絹は手拭いを姉《あね》さんかぶりにし、着物の裾をたくし上げている。手にしている〝扇子提灯　泉岳寺門竹庵〟と濃い深草色に白く染め抜いた幟旗《のぼりばた》は、暖簾と一緒に商舗《みせ》の出入り口に出している物である。

おもてに出た。葛籠を背負った杢之助がいくらか前かがみになり、半歩うしろにつづいている。女行商人のあるじにその下男といった風情だ。

となりの菓子屋千種庵《ちぐさあん》の女将が、

「あらあっ。お絹さん、出商《であきな》い？　それにお付きの人、笠かぶっているので分からなかったよ。坂下の木戸番さんじゃないですか」

「はい、ちょいとお手伝いをお頼みしましてね」

「そのとおりで、へえ」

お絹が応《こた》えたのへ杢之助は合わせ、

（こいつはいいぞ）

内心思えてくる。

近所の目からもそう見えるのなら、他の町へ行けばまったくそうであろう。お絹の持っている幟旗には屋号が染め抜かれており、素性も明らかだ。探りを入れるには素性を明らかにし、自然体で挑《いど》まねばならない。相手に不審感を覚《おぼ》えさせてはならないのだ。

「まめだねえ」

背に千種庵の女将の声を聞き、伊皿子台に向かった。

李之助は自信を深めた。

半歩斜め前を行くお絹が首だけ振り返らせ、

「思い出しますねえ、小田原からの道中」

言うなりほんとうに思い出したか、肩をブルッと震わせた。あのときは、李之助に娘のお静とともに護られ、命がけだったのだ。

「ああ」

李之助は短くうなずいた。

お絹はつづけた。

「きょうは任せてください。あたしは行商人を扮《こしら》えているのではなく、正真正銘の女行商人です。小田原でもやりましたから」

「心強《こころづえ》えぜ」

杢之助は返した。

斎藤家の所在は分かっている。思った以上に、収穫が得られそうだ。

それに、ありがたいことがもう一つあった。

「行商なら……」

と、門竹庵の番頭が、履き替えのわらじを用意してくれたことだ。さっそく杢之助は白足袋《しろたび》を脱ぎ、素足にわらじの紐《ひも》を結んだ。これならお絹と一緒に歩を踏んでも、足元に音がないのは自然なこととなる。

杢之助にとってそれは、

（心置きなく、行商のお供ができるわい）

と、存分に聞き込みができるかどうかの、大きな要素なのだ。

二

魚籃坂に入った。人影はまばらで、いつもと変わらない。魚籃観音の山門に人の動きはあっても、まったく普段の参詣人の出入りだ。

開けられた山門の門扉《もんぴ》を点検するように見つめ、首をかしげる姿も見られる。おそらく門扉に血が飛び散っていたとか、敷居にも血のりがべっとりと……などというわさを耳にし、野次馬根性で見に来たものの、血の跡などすっかり拭き清められ、染みひとつない。

李之助とお絹も山門を入り、境内の隅でひと休みした。これからどう進めるかの打ち合わせである。

李之助は言った。

「構えちゃならねえ。おまえさんは商いに専念してくんねえ」

「え、どうしてですか。聞き込みに来て、なにも訊いちゃいけないなんて」

問い返したお絹に李之助は、

「ともかく、なにも訊いちゃならねえ。この一帯のお人らはいま、言いたいことがあって口がうずうずしているはずだ。こっちから聞き込みを入れてみねえ。逆に口をつぐんでしまいまさあ」

「なるほど、この町特有の警戒心ですか、外の者に対する」

「そう、それさ。だからこの土地では、お絹さんはあくまで商いを中心に考え、儂は手伝いの荷物持ちに徹《てっ》しまさあ。扇子や提灯なんざ、そういつも新調するもんじゃねえ。売れねえで当たりめえだと思い、そのときにゃ〝泉岳寺門前の門竹庵に〟

と言って、引き揚げりゃあいい。そうすりゃあ、あとあとの商いにつながりやせんかい」

「あ、杢之助さん。木戸番さんじゃなく、商いをおやりになったら！　きっとうまく行きますよ」

泉岳寺門前町で、杢之助の名を呼ぶのはお絹と娘のお静の二人のみである。お静は杢之助を〝モクのお爺ちゃん〟と呼んでいる。この呼び方を杢之助は気に入っている。

四ツ谷左門町では、町内の子供たちから〝木戸のおじちゃん〟と呼ばれていた。両国米沢町に移ってからは〝木戸のおじいちゃん〟と呼ばれていた。四ツ谷で歳月を経たことを、痛感させられたものだった。四ツ谷で、存分に歳月を経ていたことになる。

「ははは。儂が商いか。それもおもしろそうだ」

杢之助はすぐ真剣な表情に戻り、

「この土地のお人らはいま、話したいが話せない……。そう思っているお人が、けっこうおいでのはずだ。そのお人らに口を開いてもらうにゃ、なにも聞かず知らぬふりをすることじゃ。すると、向こうから話してきまさあ」

二人はいま、境内の隅にある大きな石に腰を下ろしている。李之助は肩から葛籠の紐を外し、お絹は幟旗を葛籠にもたせ掛けている。行商人が寺や神社の境内でひと休みしているのはよく見かける光景である。

李之助もお絹も、泉岳寺門前町やとなりの町ではすでに知らない者はいないほどだが、おなじ高輪界隈でも他の町へ一歩入れば、まったく顔も存在も知られていない。聞き込みを入れるには、かえってそのほうが好都合だ。

「さあ、李之助さん。行きましょうか」

お絹が、姉さんかぶりの手拭いを軽くととのえて腰を上げ、

「おう」

と、李之助は笠の紐を結びなおした。

二人は魚籃観音の山門前から坂道を横切り、黒鍬組の屋敷地に入った。

斜めうしろから、

「さあ」

李之助はお絹に声をかけた。

最初の板塀から角を曲がった。屋敷地全体が緊張していると感じたのは、自分た

ちが緊張しているせいかも知れない。板塀の路地にも、別段変わったものは感じられない。

おもての通りから、いくらか離れた屋敷の冠木門《かぶきもん》が開いており、庭に女の人影が見えた。長屋の借家人ではなく、屋敷の奉公人のようだ。たすき掛けで手拭いをお絹とおなじ姉さんかぶりにし、竹箒《たけぼうき》で庭を掃《は》いている。

門竹庵では店場に出していないが、裏手の作業場で余った素材や切り落とした枝をまとめ、大小の竹箒を作っている。女中の手にしている竹箒は、枝の部分がほとんどすり切れ、束ねた部分の枝だけが柄《え》に残っているといった状態で、そこからも黒鍬組の生活ぶりがうかがわれる。

杢之助が素早くそれを捉《とら》え、声をかけたのだが、

「えっ。あ、はい」

と、お絹もその竹箒に気づき、

「ご精が出ますねえ。その竹箒、かなり使い込まれて竹もよろこんでいましょう。ちょいとよござんすか」

（ほう）

杢之助はお絹の声のかけ方に、思わず感心の声を洩らしそうになった。門竹庵に

戻ってから行商はきょうが初めてでも、商いには相応の経験を積んでいるのだ。

お絹の足はすでに冠木門を一歩入っている。

女中は応じた。四十がらみか、お絹とおなじ世代に見える。

「ああ、この竹箒ですね。そろそろ垣根の柵《さく》にまわそうかと思っていたところでしてね」

「あら、もったいない」

お絹は返し、

「ほら、あたしは竹細工屋の者ですけどね」

と、手の幟旗を見せ、

「いちど結《ゆ》わえている紐をほどき、枝の部分をすこし前に出してまた結わえなおせば、まだ箒として使えますよ」

「あら、そうみたい。さっそくやってみましょう」

女中は竹箒の結わえてある部分を、顔の前まで上げて言った。

女二人のあいだに、垣根はなくなった。

お絹はさらに一歩庭に歩を進め、

「きょうは竹箒や笊《ざる》なども持って来ればよかったのですが、あいにく扇子や団扇に提灯ばかりでしてねえ」

　と、背後の杢之助の担っている葛籠に視線をながし、

「どうしたことか、どこも門扉を閉じてらっしゃるところが多く、お声がけもできません。もしよろしければ、それらの品を求めたいとされているお屋敷があれば、お教えくださいませんか」

「そりゃあ聞けば欲しがっていなさるお屋敷もありましょうが、きょうは日が悪いですよ」

「えっ、きょう日が悪いとは、どこかのお屋敷でご不幸でも？　それじゃこのお屋敷地におじゃまするのは、このつぎにしましょうか」

　と、杢之助のほうへふり返った。

「へえ、そのようで」

　杢之助が応じ、引き揚げる仕草を見せる。二人の息は合っている。

「あら、あなたがた。外商《そとあきな》いをしているのに知らないのですか。ここ数日の騒ぎを……」

　女中はすり減った竹箒を持ったまま一歩進み出た。

　ここぞとばかりに杢之助も一歩わらじの足を踏み出し、笠の前を上げ、

「聞いておりますじゃよ。ほれ、そこの坂の上で辻斬りが出て、どこでどうつながっているのかいないのか、きのうかおとといも、魚籃観音の前に若え女性《わけにょしょう》の行き倒れがあったとか」

「あらあら、そんな伝わり方をしているんですか」

女中は声をひそめ、

「坂上の辻斬りは中途で、観音さまの前の死体は、行き倒れなんて生易《なまやさ》しいものじゃありませんよ」

乗ってきた。この分だと女中はもっと話しそうだ。

「えっ。まさか、殺された！」

お絹のほうが話にのめり込んだように声を上げ、

「それが、こちらのいずれかのお屋敷と係り合いがおありとでも!?」

つい大きな声になり、ハッとしたように手で口を押さえた。

女中は冠木門の外のほうと、背後の玄関口をふり返り、顔をもとに戻すとさらに声をひそめ、

「殺しですよ。あたしも知っている屋敷の、若いけれど、朋輩《ほうばい》で。辻斬りのながれでそうなったのかも知れない、と」

殺された女中を〝朋輩〟と言った。直接知っているようだ。

（それも、かなり親しい……）

杢之助は直感し、つぎの言葉を待った。未遂の辻斬りも、殺しと一連のながれと見ているようだ。

お絹は聞き込みを入れるよりも、話そのものにのめり込んでいる。女中とおなじように、まわりを窺《うかが》うように極度に声を低め、

「ご存じなのですね、殺されたお人を。いったい、誰に？　まさか、おなじこちらの屋敷地のお人に⁉」

訊いてしまった。

（余計なことを）

杢之助は思った。こちらから聞いては、話し手は口をつぐむ。相手に話させるように仕向けなければならないのだ。

案の定だった。

「そりゃあ、まあ。あたし、見たわけじゃないから」

話を打ち切ろうとする。

「商いですじゃ。つぎをまわりやしょう。よそさまのことに、あまり立ち入っては

いけませぬわい」

李之助は年寄りじみた言いようで、お絹をうながした。

お絹も先走ったことに気づいたか、

「そ、そうですね。その竹箒、結《ゆ》わえなおせばもっと使えますから。扇子や提灯のご用命があれば、ぜひ泉岳寺門前の門竹庵をごひいきに。ここからすぐ近くでございますから」

一歩下がって一礼し、きびすを返し冠木門を出た。李之助もそれにつづく。

「あ、行商人さんたち。ここを出たら奥のほう、左へ行っても無駄ですよ。ちょっと立て込んでいますから」

女中は追いかけるように声をかけてきた。

「へえ、ありがとうごぜえやす」

李之助が応え、数歩進んでふり返り、女中が往還まで出て来ていないのを確かめると、

「お絹さん、焦《あせ》っちゃいけやせんぜ」

お絹をたしなめ、

「ともかく〝行っても無駄〟なほうへ行ってみやしょう。せっかくあのお女中が教

えてくれたんでさ」

「は、はい」

お絹は失策《しくじり》を自覚してか、恐縮したように返した。

ともかく二人は、女中が〃無駄〃と言った〃左〃へ曲がった。

冠木門を開けた屋敷の前に人の動きがある。

近づいた。

すぐだった。

「おう、おめえら。そこの屋敷、きょう入《へえ》ったって無理だぜ」

中間《ちゅうげん》姿の男が声をかけてきた。

「えっ。無理って、そこのお屋敷、なにかあったのですか」

「なにかあったって、見りゃあ分かるだろ。ともかく取り込み中だ。よそ者がこんなとこに突っ立ってたんじゃ邪魔だ。さあ、帰《けえ》った、帰った」

取り付く島もない。いま取り込んでいる屋敷の者ではなく、となりか近辺の屋敷の中間のようだ。

(屋敷地のお人ら、奉公人まで外に向かっては一枚岩《いちまいいわ》か。外の者に知られたくない事態が発生していることを、このお中間さん、教えてくれたぜ)

李之助は思った。

「は、はい。すぐに」

お絹はさきほどの反省からか、斜めうしろの李之助に視線を投げた。李之助は受け、

「へ、へえ。いま引き返そうとしていたところで」

中間に申しわけなさそうに言い、

「さあ、言われたとおりに」

お絹の袖を引いた。

お絹は幟旗を下に向け、素直に従おうとする。

中間は言った。

「おめえら、なにを商っているか知らねえが、本物の物売りのようだなあ」

態度が柔らかくなった。

だが李之助は、

(まずい)

感じ取った。

中間の言った〝本物の物売り〟だ。そうでない行商人が、この屋敷地に入り、な

にやら嗅ぎまわっていることを示している。

おそらく屋敷のあるじから、気をつけるように言われているのだろう。どうりでさきほどの女中も、玄関口だけでなく冠木門の外にまで気を配っていた。上からの差配《さはい》ではないだろう。自然の空気が屋敷地一帯のあるじや内儀たちに、事の理非《りひ》よりも黒鍬組としての仲間意識を強めさせ、奉公人たちにもそうした指示を出させているのだろう。

ならば、人を出しているのは八州廻りか火盗 改《かとうあらため》か、あるいはお城の目付の意を受けた公儀隠密か……。いずれも杢之助にとっては、未知の相手である。それこそ、どんな手練《てだ》れどころか、

(どんな目利きがいるか……)

知れたものではないのだ。

杢之助はブルルと肩を震わせ、

「さ、早《はよ》うに」

「は、はい」

あらためてお絹の袖を引き、

「あぁっ」

と、お絹は足をもつれさせたほどだった。

その場を離れる〝行商人〟二人に中間は、

「悪いことは言わねえ。ここ数日、この界隈に来たって商売にならねえぜ」

声を投げかけてきた。さきほどはよそ者への嫌悪が感じられたが、こんどはほそぼそと商いをしている町衆への親近感がこもっているようだった。

お絹が歩をゆっくり踏みながら、

「さっきのお屋敷、斎藤家じゃないですが、殺された女中さんの……」

「かも知れねえ」

「これから、斎藤家の近くへ」

「行くだけ行ってみよう」

所在は播磨屋で詳しく訊いている。

杢之助は低声《こごえ》で返し、笠の前を下げ、すれ違った者からも顔を見えにくくした。

歩を進める。もちろん武家屋敷に、表札があるわけではない。

「そこの角を曲がったところですよねえ」

「ああ、そうなる」

お絹が低く言ったのへ杢之助は返し、二人の足はその角を曲がった。いずれも似た板塀に冠木門の構えで、異なるところといえば、開いているか閉まっているかの違いだけだ。

閉まっていた。

人の出入りもない。

そのまま素通りすればよいのにお絹は気になるのか歩を止め、閉じられた門扉を見上げた。往来に人がおれば、斎藤屋敷を意識しているように思われても仕方ないだろう。

「そのまま、行きやしょう」

斜めうしろから、杢之助が声をかけたときだった。

いつの間に近寄ったか二人の背後から不意に、

「お二人さんでの行商とは珍しい。なにを商ってなさる。この屋敷を訪《おとな》いなさるんで？　さっきから閉まったままでやすが」

伝法《でんぽう》な口調で声をかけられた。町人言葉だが、かけられるまで杢之助はその気配に気づかなかった。見ると、腰切半纏《こしきりばんてん》を三尺帯で決めた大工だった。三十がらみで締まった顔つきと体軀《たいく》で、大工道具の木箱を担いでいる。

またもや心ノ臓の高鳴りを覚える。気配に気づかなかったばかりでない。男は確かに眼前の冠木門を〝さっきから閉まったまま〟と言った。ということは、ずっと見張っていたか。その網《あみ》の中に杢之助とお絹が現れたことになる。大工にとっては長時間張り込んでも得るものがなく、そこで係り合っていそうな二人が飛び込んで来た。なにかの手掛かりが欲しかったのかも知れない。

お絹が瞬時にそれを解するのは無理だ。

「あら、大工さんもですか。閉まったままですねえ」

また、お絹は言ってしまった。斎藤屋敷に関心のあることを、口にしてしまったのだ。

すかさず杢之助が、

「儂ら、泉岳寺門前の竹細工屋でございやすが、このお屋敷に限らず、扇子や提灯のご用命はないかと。そうそう、お手前は大工さんのようですが、建てるたびに祝いの品が必要でございましょう。どうでしょう、こういう品は」

背の葛籠を下ろし、商いを始めるように蓋《ふた》を開いた。正真正銘の扇子や団扇、提灯が入っており、武器になりそうな得物《えもの》はなにもない。お絹は、言ったとおりの屋号が入った幟旗を持っている。

「ほう、こりゃあ本物だわい」

大工は言い、お絹は杢之助に視線を向け、

「なにもここで店開きしなくても」

「まあ、そうでやすが。きょうはどうしたことか、門がほとんど閉まっているもんで、つい道端ででもと思いやしてな」

杢之助は言いながら葛籠の蓋を閉め、

「きょうはもうこのあたりはあきらめ、また出なおしやしょうかい」

と、それを背負いなおし、お絹に魚籃坂のほうを手で示した。

杢之助は大工姿の男に、自分たちは正真正銘の竹細工品の行商人であることを示したのだ。男はそれを解したようだ。

「そうですねえ。これ以上歩いても無駄なようです」

お絹は応じ、大工に軽く一礼し、板塀に囲まれた屋敷地の往還を魚籃坂の方に向かった。

大工姿の男は杢之助とお絹を、行商人にしてはみょうな組み合わせと思いながらも、葛籠の中の品と幟旗から本物の竹細工屋と見たようだ。

その大工姿は〝さっきから〟斎藤屋敷を見張っていたことを、ふと洩らしてしまったことに気づいているのかどうか、その視線を杢之助は背に感じ、下駄でなくわらじであることへ安堵を覚えた。正体は分からないが、大工姿の男が警戒すべき筋の者であることは間違いないようだ。だからといって、ふり返ったりはしなかった。このときもし、わらじでなく下駄だったら、男はそこに音のないことに気づいていただろう。

お絹は、

「なんだか、みょうな大工さんでしたねえ」

と、大工が声をかけてきたことに違和感を持ったようだが、それ以上の不思議は感じなかったようだ。

杢之助は説明するのを控えた。

二人の足は魚籃坂に戻った。

そのまま泉岳寺門前町に戻ることにしたが、

「商いはもともと期待しておりませんでしたが、うわさ集めも、これといった具体的な収穫はありませんでしたねえ」

「いや、あの屋敷地に、なにやらがうごめいている……、その感触はあったじゃねえですかい」

「それ、あたしも感じました。でも、聞き込みがこんなに難しいものとは知りませんでした」

「そのなにやらに、斎藤屋敷がどう係り合っているかを探りとうござんしたが。まあ、一度や二度で分かるようなもんじゃなさそうだ」

話しながら坂道を上った。

坂上の伊皿子台町を過ぎれば、泉岳寺はすぐだ。

杢之助の脳裡には、もう一つのこともながれていた。

(品川からの、浜屋の一行は……)

である。

(泉岳寺の参詣を匆々《そうそう》に済ませ、太一はとっくに高輪大木戸を江戸に入り、いまごろ四ツ谷に向かっていようか)

それを思えば自然に、清次やおミネの顔が脳裡に浮かんでくる。

三

「おっ、早かったな。で、向こうのようすは」

細兵衛は商いよりも、開口一番に問う。

杢之助とお絹が泉岳寺門前の門竹庵に戻って来たのは、陽がまだ東の空にある時分だった。行商も兼ねていたにしては、確かに早い帰りだ。

「あのお屋敷地、商いのできるようすじゃありませんでしたよ」

お絹は細兵衛の問いに応え、杢之助に店場の奥の方を手で示した。座敷に上がって行けというのだ。細兵衛もそれを勧める。

杢之助は応じた。といっても、店場から一歩奥に入っただけで、廊下に立ったたま、

「魚籃坂の死体が、あの武家地の奉公人ということは分かりやしたが、斎藤家との係り合いは判りやせんでした。調べるにゃもっと時間が必要な感じで。きょうはその感触だけでさあ。あとはお絹さんから聞いてくだせえ。なあに、権助駕籠や二本松の三人衆が手持ちの駒《こま》になってくれりゃあ、きっと斎藤重郎次との係り合いは浮き上がってきまさあ」

それだけ言うとわらじの紐を解き、笠も返して手拭いの頬かぶりに戻り、白足袋の足に下駄をつっかけた。

「ともかく時間をくだせえ」

言うと、急ぐように門竹庵を出た。

細兵衛はそれを、番小屋をいつまでも留守にしておけないとの、木戸番人の殊《しゅ》勝《しょう》な責任感からと解釈した。

だがこのときの杢之助の脳裡《のうり》は、それだけではなかった。

気になるのだ。斎藤屋敷の前で、気配も見せず不意に声をかけてきた男だ。大工姿を扮《こしら》えていたが、

（大工などじゃあるめえ）

そのときから感じ取っていた。ならば、

（何者……？）

それが判らない。

木戸番人姿に戻って門前通りの坂道を下りながら、黒鍬組の屋敷地を歩いた収穫はあったものの、

（やはり、出過ぎたことをしてしまったか）

思えてくるのだった。

針の莚《むしろ》になるかも知れない相手と、接触してしまったのだ。木戸番小屋にいて、権助駕籠や二本松の三人衆が拾って来たうわさをまとめ、門竹庵細兵衛など町役衆に提供するだけなら、それこそ木戸番人の分相応で、自分にとって悩まなければな

らない相手と、

(接触することなど、なかったはず)

なのだ。

(清次の台詞《せりふ》じゃねえが、取り越し苦労であって欲しいぜ)

胸中に念じ、

「おっとっと」

石につまずき、下駄に大きな音を立てた。

「あぁ、気をつけて!」

往来人から声が出る。

ハタと気づいた。下り坂だ。門竹庵を出たときから、下駄に音が立っていた。

(どこから見ても、木戸番人だ)

みょうな安堵を覚えた。

播磨屋の前を過ぎ、坂を下りきった。眼前に東海道が走り、その先に海浜が広がり、ひときわ大きく聞こえる波音のなかに、下駄の歩は木戸番小屋ではなく日向亭のほうへ向かった。

縁台に出ていた、たすき掛けに華やいだ前掛けの茶汲み女姿のお千佳が、

「あら、木戸番さん。きょう一日、門竹庵さんのお手伝いと聞いていたのに、もうお帰りですか」

声をかけてきた。お千佳にすれば、あるじの翔右衛門から、

「――きょう昼間、木戸番小屋は門竹庵さんの手伝いで留守だから、訪《おとな》う人がいたら対応するように」

と言われ気にしていたところ、杢之助が思いのほか早く戻って来たものだから、ホッとしたのだろう。

「ああ、早《はよ》う終わってなあ。留守をみていてくれたかい。ありがとうよ」

杢之助は言いながら縁台の脇に立ち、暖簾の中を窺うように、

「きょうは朝早《はよ》うから、まとまった数のお客じゃなかったかね。もう来なすったかい」

それを確かめたかったのだ。縁台に行商人らしい客が座っており、暖簾の中も客の影はあったが、多くはない。

「ああ、あのお客さんたちなら、木戸番さんが坂上へ行きなさって、しばらくしてから」

「参詣だけで、匆々に？」

「そりゃあもう。奥の部屋で、お女中衆にも甘い煎餅やお団子を出しましたが、皆さん急ぐように大木戸のほうへ。その気持ち、分かります。そうそう、あたしと歳がおなじくらいの包丁人さんが、木戸番さんのことを訊いていましたよ」

杢之助はぎょっとした。お千佳とおなじ歳くらいの包丁人といえば、太一がまさにそうである。

杢之助は瞬時高鳴った心ノ臓の鼓動を抑え、

「儂は包丁人に知り人などおらんぞ。それがなんと訊いていたい」

「木戸番さんのことじゃないですよ。番小屋についてでした」

「なんだね、それ」

個人のことではなかった。杢之助は落ち着きを取り戻し、お千佳は笑顔でつづけた。

「木戸番小屋って、どこもおんなじなんだねえって。ここから番小屋を見ながら」

「そりゃあ、いずこもおんなじだが」

「此処《ここ》の木戸番さんて、どんな人って訊くもんですから……」

（えっ）

ふたたび杢之助の心ノ臓は、不安の音を立てはじめた。太一は杢之助を懐かしんでいる。

『名前を訊いたりしなかったろうなあ』

のどまで出かかった。

訊けない。訊けばお千佳に、なぜと訝《いぶか》られるだろう。

「最近この町に入りなさったお人で、そりゃあもう親切で、歳に似合わず動作が機敏で、朝の棒手振さんたちも喜んでいなさるって」

誰の口からでも、ひとことで木戸番人杢之助を表現すれば、そうなるだろう。

お千佳はつづけた。

「いまおいでかって訊くもんですから……」

杢之助は内心、身を退くよりも乗り出した。

「町役さんのお手伝いで、朝から出かけていまは留守だって。ほんとう、誰からも信頼されていますって」

「こそばゆいぜ。それにお千佳ちゃん、さっき〝歳に似合わず〟なんて言ったが、儂が還暦近くと話したかい」

「えーと。そこまでは話題にならなかったようなならなかったような……、よく覚えていません。ちょうどここでした。ちょいと軽く立ち話程度でしたから」

「あはは、そうだろうなあ。深刻でもねえ話なんざ、いちいち覚えていねえからなあ。で、その若い人、勇んで大木戸のほうへ向かったかい」

「それはもう、ここで話しているときも、お仲間の人に急《せ》かされて」

「おお、そうかい」

李之助は目を細めた。仲間に促され、街道のほうへ走る太一の姿を連想した。

「ま、儂の歳なんざ、どうでもいいや。手間取らせちまったなあ。ありがとうよ、留守をみていてくれて」

「ええ。変わったことは、なにもありませんでしたから」

「そうかい」

と、李之助はお千佳の声を背に、木戸番小屋の腰高障子を引き開けた。

すり切れ畳にあぐらを組み、波の音に身をゆだねても、

「うーむむっ」

落ち着きを得られなかった。

太一はそろそろ四ツ谷に入ろうか。しばし母親のおミネと不意の再会の時を過ごし、清次と志乃もそこに加わり、近所の者とも会おうか。やがて一段落すれば清次の一膳飯屋で、

『どこにでも杢のおじさんのような木戸番さん、いるんですねえ』

と、太一の口から以前を懐かしむ話題が出ないとは限らない。ならば清次は詳しく訊くだろう。

『最近、泉岳寺門前町の木戸番小屋に入ったばかりの木戸番さんで……』

太一は、日向亭の女中から聞いた話をしようか。話すほうも聞くほうも、杢之助を懐かしんでのことだ。とくに清次は、両国米沢町へ出向き、杢之助の〝行方《ゆくかた》知れず〟を中島屋の紀平から聞いている。しかも最近のことだ。そこから思いをめぐらせば、太一の語る泉岳寺門前町の木戸番人像から、還暦という歳勾配《としこうばい》も朝の棒手振が重宝していることも、すべて杢之助と一致する。

いま泉岳寺門前町の木戸番小屋にあぐらを組み、思いはそこまでめぐる。今宵暗くなった時分になろう、ふたたび太一はこの木戸番小屋の前を通る。

想いは、それればかりではない。

やはり脳裡から、払拭《ふっしょく》できない。

斎藤屋敷の前で、大工を装っていた男だ。

その男が、慥《しか》と教えてくれたことがある。

(魚籃観音前の死体に、斎藤家は係り合っている)

播磨屋は、大変な縁組をしようとしていることになる。町に、大粒の火の粉が降って来るかも知れない。その火の粉は、杢之助にも降りかかる。

(よしてくれ、入《へえ》ったばかりの町を、針の莚にするのは)

方途は一つしかない。

縁組を、破談に持ち込む材料を見つけ出すことだ。町役の門竹庵も日向亭も、さらに播磨屋のあるじ夫婦も、それを望んでいる。それだけ杢之助にとってはやりやすい仕事といえる。だが完遂するには、枯れ葉一枚の領分を超えねばならない。町役たちの見ている前で、それはまずい。

(どうする)

腰高障子に、人影が浮かんだ。

(え、太一!?)

そんなことはあるまい。陽はまだ西の空に入ったばかりなのだ。

障子戸が動いた。

(なな、なぜ!)

息を呑み、出かかった声を抑えた。

あの大工姿ではないか。それがいま、杢之助の木戸番小屋に現れたのだ。

「驚かしてすまねえ」

職人姿にふさわしい、伝法な口調だ。それだけ手練《てだ》れかも知れない。

言いながら左手で肩の道具箱を支え、右手で器用に腰高障子を閉め、

「ちょいと邪魔させてもらうぜ」

道具箱をすり切れ畳の上に下ろし、その横に腰を据えた。

「………」

本来なら気の利いた言葉も出して迎えるのだが、とっさのことに杢之助はまだ一言もくり出せない。

一方的に大工姿は言う。

「申し遅れやしたが、あっしは田町にねぐらを置く、ながれの大工《でえく》で、仙蔵《せんぞう》と申しやす。以後、お見知りおきを。さっきはあの界隈で、家や板塀に修繕のご用命はねえか、ご用聞きにまわっていたんでさあ」

「そうかい。おめえさんがそう言うんなら、そういうことにしておこうかい」

仙蔵と名乗った男の口調が、にわか仕込みではない、まったく自然の職人言葉だったものだから、ようやく似たような伝法な口調で返すことができた。

「そういうことにしておこうなどと、みょうな言い方はよしてくんねえよ、木戸番

の杢之助さん」

「えっ。おめえ、なんで儂の名を!?」

杢之助は驚き以上に警戒心を高め、退くよりも逆に、腰を据えた仙蔵のほうへひと膝すり出た。

仙蔵もそれを受けるように、浅かった腰を深めに座りなおし、

「へへ、木戸番さん」

と、話し込む姿勢を見せ、

「いえね、さっきも申しやしたとおり、大工でもながれの気楽な稼業でやすが、一人で修繕などのご用聞きにもまわらなきゃなんねえ。それできょうは、お武家でも比較的入《へえ》りやすい黒鍬組の屋敷地をながしていたところ、木戸番さんに出会ったって寸法でさあ」

なるほど、話の筋は通っている。

杢之助は無言でうなずき、仙蔵はつづけた。

「そこへ木戸番さんと、あの門竹庵の女の人が来なすった。行商にすりゃあみような組み合わせだと思い、おめえさんのもの言いも並みじゃねえ。それで気になり、あとを尾《つ》けさせてもらいやしたのさ」

「ん……？」

「いえいえ、決して怪しんだわけじゃござんせん」

仙蔵は顔の前で手の平をひらひらと振り、

「お二人は確かにあの幟旗にあった、泉岳寺ご門前の門竹庵に入《へえ》りなさった。そのあとすぐ木戸番さんは笠じゃなく手拭いを頰かぶりに、白足袋に下駄履きのいで立ちで出て来られた。それで坂道を下り、お向かいの茶店の女とすこし話されてからこの番小屋に落ち着きなされた」

「なんでそこまで尾ける必要がある」

「申しわけねえ。まあ、気を悪うせず、聞いてくださいましよ」

「うむ」

杢之助はうなずき、仙蔵はつづけた。

「それであっしもお向かいの茶店でひと休みし、お点前さんのことを訊かせてもらいやした」

「…………」

杢之助は仙蔵の表情を凝視している。

「杢之助さんとおっしゃいやしたねえ。確かに此処《ここ》の木戸番さんに間違《まちげ》えねえ。それも、頼りになるお人のようで」

「頼りになるかどうかは知らねえが、儂はほれ、正真正銘の木戸番人さ。きょうは門竹庵さんに頼まれて、行商の荷物持ちさ。これがまたいい小遣いになってなあ」

「さようで」

「それでおめえさん、一本立ちのながれの大工といいなすったが……」

「へえ、さようで」

仙蔵はなんら悪びれることなく、

「つまり、手間賃仕事のご用聞きにまわるのも大事《でえじ》な仕事で」

「それはさっき聞いたぜ」

「そこなんでさあ。木戸番さんは町のお人らに頼られ、町内の商家の出商いの手伝いまでなさっている。ならば町内だけじゃのうて、近辺の町々にも顔が広いんじゃねえですかい」

お千佳は、太一には杢之助が〝最近〟入ったばかりであることは話したが、仙蔵には話していないようだ。もっとも訊かれねば話す必要もないことだが。仙蔵は杢之助が此処に長く住みついているものと思い込み、話を進めているようだ。杢之助はそれに合わせた。

「まあ、木戸の同業はどこでもそうだと思うぜ」

「そこさ。こんご昵懇《じっこん》にいただき、おめえさんの知っている範囲で、大工仕事のありそうな家を引き合わせてくんねえかい。もちろんそれなりの割前《わりまえ》は出させてもらいまさあ。出商いの手伝《てつで》えもいいが、大工仕事の引き合わせなら、あっしがときおりのぞかせてもらいやすので、ここに座っていてできる仕事でさあ。悪い話じゃござんせんでしょう」

杢之助は聞きながら迷っていた。きょうの斎藤屋敷の前での出会いは、自然とはいいがたい。明らかに斎藤屋敷に探りを入れていた。ながれの大工といえば、普段は一人だが大きな普請《ふしん》があるときだけ、いずれかの棟梁《とうりょう》の下に入る。こうした形態の大工は少ないが、そう珍しくもない。

（こやつ、いずれかの手先で、町の木戸番人の儂を、耳役《みみやく》にしようと目論《もくろ》んでいやがるのか）

町奉行所の同心についている岡っ引が、そうした手足になる下《した》っ引《ぴき》を幾人か抱《かか》えているのは、むしろ一般的だ。府内で岡っ引の扱いに慣れている杢之助がそう推測するのは、きわめて自然であった。

応えた。

「そうかい。ならばときどき来てくんねえ。儂のほうも、おめえさんが町々のようすを話してくれるのもありがてえぜ。昼間、ずっとここに一人座っているので、退屈なときもあるのよ。きょうみてえに外商《そとあきな》いの荷物持ちが、そういつもあるわけじゃねえからなあ」

「さようですかい。ただの荷物持ちにゃ見えやせんでしたが」

「なに」

一瞬、李之助はぎくりとした。

仙蔵はそれを看て取ったか、

「あはは。まあ、頼りになりそうな木戸番さんで。木戸番稼業もそうでやしょうが、あっしのような出職《でじょく》の者も、町のようすは気になるもんでして。きょうはこのくれえで。李之助さんと話ができてよかったぜ。また近いうちに寄らしてもらいましょうかい」

言葉遣いに長幼の序は取っている。言いながら仙蔵は腰を上げ、道具箱を手慣れた仕草で担いだ。担ぎ方から重さが推測できる。そう軽くもなく、通常の大工道具が入っていそうだ。

「待ちねえよ」

「なんでやしょう」

仙蔵は敷居を半分またいだ状態でふり返った。

「仙蔵どんといいなすったなあ」

「へえ、一本立ちの大工で」

「それはもう分かってらあ。おめえさっき、ねぐらは田町だと言ったなあ」

「へえ、言いやした」

「高輪の大木戸を入りゃあ、街道沿いにずっと田町がつづき、九丁目から薩摩さまの蔵屋敷や札《ふだ》ノ辻《つじ》などを経て一丁目までつづいてらあ。けっこう広いぜ。その田町のどのあたりなんでえ、おめえのねぐらはよう」

「ははは、木戸番さんはずっと此処にいなさる。あっしのほうから折に触れて訪ねて来まさあ。田町とだけ知っておいてくだせえ」

まだ三和土《たたき》にあった片方の足を外に引き、

「きょうは木戸番さんの知り合いになれてよござんした」

と、腰高障子を外から閉め、気配は街道のほうへ消えた。

(野郎、儂をどこまで見抜いたか知らねえが、値踏《ねぶ》みに来やがったな)

思った刹那《せつな》、

「ふーっ」

安堵の息をついた。

泉岳寺門前の通りを下るとき、下駄履きだった。下り坂でよかった。下駄に、人並みに音を立てていた。

もし下り坂でなく、下駄に音がなかったなら、

(やつならきっと、そこに気づくはずだ)

いきなりの訪いは手びかえ、しばらくようすをというより、秘かに探索の手を入れるところとなっていただろう。

杢之助はそれを思い、

「くわばら、くわばら」

すり切れ畳の上で小さくつぶやき、一人で肩をすぼめた。

四

街道に面した障子窓に射す明かりから、陽がかなり西の空にかたむいたことが分かる。この木戸番小屋の明かり取りの窓は、街道をはさんで海に面しているためで

あろう、櫺子格子《れんじごうし》の内側に障子戸が嵌《は》められ、さらに外側には雨戸の代わりになる板を張り合わせた覆《おお》い戸が、つっかい棒で開け閉めできるようになっている。杢之助はこの木戸番小屋に入ってから、障子窓と櫺子格子は毎朝開け閉めするが、覆い戸のつっかい棒を外して閉めたのは、風のことさら強かった夜に一回だけだった。強風のときには波しぶきまで入ってくると聞いたが、まだそれは経験しておらず、せいぜい櫺子格子を閉める程度だった。いまも覆い戸は上げたままで、櫺子格子のあいだから射す陽光を、障子戸が受けている。

「ほう、もうこんな時分になったか」

一人つぶやいたとき、

腰高障子の外側が急に騒がしくなった。

権助駕籠が帰って来たのだ。

「いなさるかい」

「いるぜ。入《へえ》んねえ」

腰高障子を開けながら言う権十の声に、杢之助の声が重なった。

権十につづいて敷居をまたいだ助八が言う。

「すまねえ、木戸番さん。魚籃坂、行けなかった」

きょうも朝から客と屋敷地のうわさを拾うため、魚籃観音の山門前に向かおうとしたところ、さっそく伊皿子台町で客がついた。田町に向かう客だった。そのまま田町でも幾人かの客に恵まれ、街道の広い範囲を北に南にと走り、

「気がつきゃあ、もうこの時分よ。いまから魚籃坂へ向かう気力も萎《な》えちまってようで」

「その代わりと言っちゃあなんだが、殺しや斬らずに逃げた辻斬りの話よ、いろいろ聞いたぜ」

二人は交互に言いながら腰をすり切れ畳に下ろし、杢之助のほうへ上体をねじった。杢之助も、

「ほう、聞かせてもらおうかい」

と、あぐら居のまま上体を前にかたむけた。

閉め忘れた腰高障子のすき間を、

「お二人とも縁台に寄らず、直接こっちへ入ったりして。よほどおもしろい話でもあるようね。あとで聞かせてくださいな。ハイ、お茶。持って来ましたよ」

お千佳が三人分の湯呑みを載せた盆をすり切れ畳に置き、外から腰高障子を閉めた。日向亭の女中たちも、向かいの駕籠溜りの駕籠が集めて来る、町々のうわさ話

を楽しみにしているようだ。

「知らねえ間に、すげえうわさになっていやしたぜ」

「そう、行くさきざきでよ」

権十が言うと、助八があとをつづける。

駕籠舁きが客と話をするのは、乗るときと降りたときだけで、担いでいるとき話などできない。商家に客を運んだり武家屋敷の前に停めたりするたびに、

「ちょいと、駕籠屋さん」

と、声をかけてきたという。それらは商家の番頭であり手代であり、武家屋敷では中間もおれば腰元までいたという。

たてつづけに若い武家奉公の女が殺害され、死体がさらされるように放置されていたのだ。そのうわさが高まったのは、魚籃観音門前のあとだという。

「――こりゃあ、お武家に恨《うら》みを持つ、変態野郎の仕業《しわざ》だぜ」

「――若い女ばかり狙うなんざ、よほど女にもてねえ醜男《ぶおとこ》で、武家奉公の以前がある奴じゃないのかい」

「――えっ、どこのお屋敷に……」

憶測が飛び交ったらしい。

浜辺の釣り舟の死体と魚籃観音門前の死体が、話のなかで結びつき、伊皿子台の辻斬りも一連のものと見なされ、しかも事件は女ばかりを狙った猟奇的な色合いを帯び、

「――また、どこかで起きるぞ」

「――大木戸のこっちか向こうか」

と、その日の夕刻近くには武家地はむろん、町場も出歩く女の姿は見られなくなった。

そこへ広範囲をながしている町駕籠が来れば、

「――新しいうわさは、ながれておらんか」

「――どこかのお屋敷で、そんな醜男《ぶおとこ》、いたといううわさは聞きませぬか。性格は陰気な人だろうと、皆さん話していますよ」

と、さまざま問われるのだった。

「それでよ、どこの武家屋敷でもお店《たな》でも、奉公人に醜男はいないかって、えれえ騒ぎよ」

「そう、それで決まりさ。範囲もこの高輪か田町界隈にいる奴だ。挙げられるのはもう時間の問題だ」

権十と助八が語るのへ杢之助は、

「鬼のような形相《ぎょうそう》か、見るからに悪人面《あくにんづら》か、どんな顔をいっているのかいまいち分からねえが、それに当てはまりそうな奴、同情するぜ」

「あはは、もっともだ。そんな奴、どこにでもいるからなあ」

「ともかく殺《や》りやがったのはそんな面《つら》で、性格は陰にこもった嫌な野郎ということになりまさあ」

二人は返し、

「おっといけねえ、いまなら熱い湯がまだ待っていてくれらあ」

「あ、湯だ。早く行かなきゃ」

腰を上げた。

入れ替わるようにお千佳が三和土に立った。

杢之助からさきほどのうわさ話を聞き、

「まあっ」

口を押さえて吹きだし、

「安心しました。そんな人、この町にはいません」

なるほどそのとおりだ。角顔の権十は、締まりのあるなかにも人懐《ひとなつ》こさが感じられ、丸顔の助八は、柔和な印象を人に与えている。それに駕籠溜りには、陰にこもった者などいない。

吹きだしたお千佳はすぐ真剣な顔になり、

「でも、恐い」

無理もない。狙われたのは、いずれも若い女ばかりなのだ。

李之助も顔では笑ったが、胸中は考え込んでいた。

事件が猟奇的な意味合いを帯び、咎人像《とがにんぞう》もほぼ確定した。

李之助はそれを否定していない。釣り舟の死体も魚籃観音の死体も、伊皿子台町の辻斬り未遂も、うわさと同様、一連の事件として捉《とら》えている。そのような殺しをする男こそ、李之助の脳裡では醜男《ぶおとこ》なのだ。顔の造作《ぞうさく》ではない。

空になった湯呑みをまとめた盆を両手で支え持ち、事件への恐怖を示すお千佳に、

「まったく嫌なうわさばかりだが、町内で明るい話は聞いていないかい」

「いきなり訊かれても……。ないですねえ」

お千佳は腰高障子の外に身を移し、盆を支えたまま器用に腰高障子を閉めた。

突拍子な問いではない。播磨屋と斎藤家の縁談が洩れていないかどうか、李之助は確かめたかったのだ。洩れていないようだ。

日向亭や門竹庵から頼まれた仕事は、それを破談に持ち込むため重郎次の行状を洗い出すことだった。

(お紗希ちゃんの仕合わせにも、播磨屋さんのためにもならぬ)

との町役仲間のお節介ではない、親切心からのものだった。

「うーむ」

杢之助はうなった。〝醜男〟とは、顔の造作ではない。日向亭翔右衛門が受けた目見得《めみえ》のときの印象もさりながら、重郎次が誰の目から見ても優男《やさおとこ》で、ことさら女にもてるとの評判だった。その評判が、杢之助の脳裡では一連の猟奇的な事件と、漠然とだが結びつくのだ。

あらためて杢之助は念じた。

(斎藤重郎次とやらよ、おめえさん、いってえどの立ち位置にいやがる。係り合いがねえとは言わせねえぜ)

陽が落ちてからも、二本松の三人衆は来なかった。きょうはわざわざ湯へ行ってから知らせに来るほどのうわさは、拾えなかったのだろう。

(やはり黒鍬組の屋敷地一帯は、外に向かっては口を閉じていやがる)

それも杢之助にとっては、無類《むるい》の優男である重郎次の係り合いを示す、有力な証拠の一つだった。得体の知れない大工姿の仙蔵も、斎藤屋敷に目を付けている。それも、杢之助の抱《いだ》く疑念を、裏付けるものだった。

さきほど陽は落ち、夕暮れ時で慌ただしかった街道の動きは、急速にまばらになった。部屋の中はすでに暗く、杢之助は油皿の火種をもらおうと手燭を手に外へ出た。火種は日向亭が雨戸を閉めるまえに、もらっておかねばならない。

お千佳が朋輩《ほうばい》と縁台を中にかたづけ、暖簾も下げようと往還に出て来たところだった。誰もが家路を急ぐ夕暮れ時分、料亭ではない茶店の日向亭は客足が絶え、日の入りとともに一日の商いを終える。街道沿いの茶店はいずれもそうである。そのまばらな人影に杢之助は気を配った。

「あら、木戸番さん。ちょうどよかった。雨戸を閉めるまえに、火種、持って行こうと思ってたんですよ」

愛想よくお千佳のほうから声をかけ、暖簾をそのままに杢之助を手招きして中に飛び込み、つづいて入った杢之助が出てきたとき、火の点《つ》いた手燭を手で覆うように持っていた。

奥向きに年増の女中が二人、茶汲み女を兼ねた若い女中が三人もいるなかで、お

千佳がことさら杢之助に愛想がよく、親切なのは、

「——お千佳はねえ、死んだお爺ちゃんと木戸番さんが似ていると言うんですよ。わたしも会ったことがありますが、まあ、似ています」

以前、日向亭の女将のお松が言っていた。

そのお千佳がなにかと親切にしてくれるのが、杢之助には親族を得たようでことさら嬉しかった。人並みの来《こ》し方《かた》があれば、お千佳くらいの孫娘がいてもおかしくはないのだ。

「きょうもご苦労さんでした」

お千佳の声を背に、杢之助はふたたび街道を行く人影に気を配りながら、薄暗い木戸番小屋に戻った。

すり切れ畳に上がり、火を油皿に移そうとした手をハタと止めた。

夜まわりにそなえ、火を絶やすわけには行かない。明かり取りの窓から離れたところに油皿を移し、さらにその火が腰高障子からも感じられないように、衝立《ついたて》で覆うかたちにした。

窓はこれまでほとんど手をつけなかった板の覆いを下ろし、櫺子格子も閉めた。腰高障子からも灯りは見えない。これで夜中に街道を通る者がいても、そこに木戸

番小屋があることさえ気がつかないだろう。

太一が戻って来る。

木戸番小屋に灯りがあるのに気づき、

（最近入って、頼りになる木戸番さんて、どんな人だろう）

ふと思い、木戸を入って来て訪《おとな》いを入れたらどうなる。暗くなっていても、ほんの数歩の足運びだ。腰高障子を引き開けると、そこにいたのは……。

（まずい。とくに太一とは、他人でいてやらねばならねえんだ）

その思いが、杢之助に油皿の灯りが外に洩れないようにさせたのだ。暗く、灯りがなければ、そのまま太一の足は品川に向かうだろう。もうすでに提灯を手に、この木戸番小屋の前を過ぎたかもしれない。いま街道に揺らいでいる灯りが、太一かも知れない。

つぶやいた。

（因果よなあ）

波の音が聞こえ、最初の火の用心にまわる時分には、街道に揺れる提灯の灯りも絶えていた。

五

いつもの朝の喧騒が過ぎ、駕籠溜りの権十や助八たちを送り出し、向かいの日向亭はお千佳らが縁台を外に出す。李之助は一人、きのうと変わらない波音とともにすり切れ畳にあぐらを組んでいる。

腰高障子に、人影が近づき、

「おっ」

腰を浮かせることが幾度かあった。

太一ではない。きのう四ツ谷で泉岳寺門前町の木戸番小屋が話題になり、清次かおミネが、

(もしや、李之助さん)

思いをめぐらせ、確かめに来るとすれば、

(きょうか)

李之助のほうが思いをめぐらせているのだ。

影はいずれも素通りだった。そのたびに李之助の胸中には、ホッとするものと、

残念に感じるものがながれた。
(きょうもお絹さんが、黒鍬組の武家地に……)
助っ人を頼みに来れば、
『うーむ』
と、迷うだろう。大工の仙蔵が気になるのだ。
杢之助の勘である。
(やつめ、きょうも出張《でば》っているに違《ちげ》えねえ)
尋常な相手ではないのだ。
お絹も細兵衛も、坂を下りて来ることはなかった。
脳裡ばかりがめまぐるしく回転し、気疲れした半日が過ぎようとしている。
陽が中天にさしかかろうかという時分だった。
腰高障子に人影が立った。
男だ。しかも、一人。
(清次!　仙蔵!?)
緊張を覚えた。
「木戸番さん、いなさるかな」

聞き覚えのない声とともに腰高障子が動き、そこに立ったのは、四十がらみの商家のあるじ風の男だった。

「よろしいかな」

ふたたび断りの声を入れ、杢之助がうなずき三和土《たたき》を手で示すのを待ち、

「それじゃ突然ですが、おじゃましますよ」

鄭重《ていちょう》な物腰と言葉遣いは、迎えたほうが戸惑うほどで、杢之助は思わずすり切れ畳の上で足を端座に組み替えた。

商家のあるじ風の男は、その畳へ斜めに浅く腰を据え、

「手前、三田《みた》の寺町《てらまち》に口入屋《くちいれや》を営《いとな》む小政屋惣吾郎《こまさやそうごろう》と申しますが、ちょいと理由《わけ》ありらしい話に行き当たりましてな」

と、みょうな言い方をする。

口入《くちい》れとは長期の奉公や短期の日傭取《ひようとり》などの斡旋《あっせん》をすることで、それを生業《なりわい》とするのが口入屋である。大ぶりなところでも、脇道に隠れるように暖簾を出しているが、人の出入りは多く、番頭や手代を置いて広い範囲に口入れをしている。そこのあるじともなれば、町々に顔の利く存在となっている。

伊皿子坂や魚籃坂の北側一帯を三田といい、それぞれに町名はあるが、いずれも

寺の多いのが特徴で、〝三田の寺町〟とはその広い一帯を指す通称である。

小政は屋号に反しかなりの店構《みせがま》えの口入屋で、奉公人も幾人か置いて手広く斡旋商いをしているようだ。

順序立てて語る前置きは長かったが、のっけから杢之助の注意を引いた。

番頭が口入れの所用で黒鍬組の屋敷地を歩いていると、不意に路地から飛び出て来た女が、

「――あたしを、あたしを泉岳寺門前町の播磨屋さんにつないでくだされ。そのまま町場に奉公も。このまま黒鍬のお屋敷にいたら、あたし、殺されます！」

周囲を気にしながら現在《いま》の奉公先と自分の名を早口に告げ、もと来た路地に駈け込んだという。きのうのことらしい。

端座の杢之助は、そのままひと膝まえにすり出た。

惣吾郎はつづけた。

「あの一帯にはちかごろ、魚籃観音さんご門前や坂上の伊皿子台で、さらに大木戸の海辺のほうでも、よからぬ騒ぎが発生し、それらと係り合ってのことかと気になっておりました。ところがきょう午前、田町で一連の事件の咎人《とがにん》が捕縛されたと聞きましてな」

「えっ」

咎人が田町で捕縛されたとは初耳だ。まだ高輪界隈にうわさはながれて来ていない。杢之助は小政屋惣吾郎の顔を凝視した。苦労人を偲ばせるとともに、柔和な印象を受けるその表情から、いい加減な話をしているようには思えない。

惣吾郎はその視線を受け、さらに話す。

「田町の町場で咎人が挙げられたのなら、黒鍬組の屋敷地は係り合っておらぬと安堵しましてな。したが、きのう番頭が係り合ったお女中は、事情がきょうあすにもというほど切羽詰《せっぱつ》まっておるようで。それできょうさっそく、播磨屋さんのある町の木戸番さんを訪ねた次第でしてな。いやいや、ご不審にお思いでしょうが、木戸番さんの信頼できますことは、ご町内でお聞きしましてな」

（また向かいのお千佳に聞き込みを入れたな）

杢之助は思い、お千佳は太一にはきのう、杢之助がまだ日の浅いことまで話したが、惣吾郎にはそこまで話していないようだ。惣吾郎は杢之助を町の主《ぬし》のように思い込み、聞き込みを入れに来たようだ。

杢之助はそれに合わせ、

「そりゃあ播磨屋さんはこの町でも老舗で、町役もなさっておいでですじゃ。したが、新たに奉公人を雇い入れたがっておいでとは聞いておりませんじゃ。なんなら儂からひとこと、口入屋さんに用命がないかどうか訊いておきやしょうかい。なあに、口入れの割前をなどとは申しやせん。これも木戸番人の仕事でしてな。ま、念のためですじゃ。その武家地のお女中はどんなお人で」

軽く逆問《さかとい》を入れた。口入屋とはいずれも、顧客の身上に関わることは一切洩らさないものだ。武家地の女中もそれを知っているから、番頭に突然ながらすがるように声をかけたのだろう。

杢之助はそれを話のながれのなかにさらりと出し、惣吾郎もなんら引っかかりなくすらっと口にした。

あの屋敷地の女中が、播磨屋につなぎをと口走ったという段で、

（斎藤屋敷！）

杢之助は直感したのだ。

その現場を訊けば、やはり杢之助とお絹が大工姿の仙蔵に声をかけられた往還だった。もう間違いない。だが、その女中がなぜ口入屋に、

（播磨屋へのつなぎを求め、命を狙われているとまでほのめかしたのか）

それが分からない。

だから口入屋は直接播磨屋に当たるのではなく、あるじの惣吾郎がわざわざ木戸番小屋に足を運んだのだろう。

杢之助は受け、好々爺《こうこうや》で世話焼きの木戸番人に徹した。

斎藤屋敷のその女中は三十路《みそじ》でお杉《すぎ》といい、三年ばかりまえ、惣吾郎が斎藤家に口入れした縁があり、そのとき担当したのが番頭だった。だからお杉はなにやら悩みがあって、図らずも番頭の顔を屋敷地で見かけるなりとっさに飛び出したのだろう。しかも〝つなぎを〟とか〝町場に奉公を〟、さらに〝殺される〟などと脈絡がなさそうでありそうなことを口走った。背景に、人ひとり生きるか死ぬかの問題が横たわっていることは確かなようだ。

杢之助は言った。

「なにやら得体の知れねえものが迫っているような。よござんす、理由《わけ》は訊きやせん。お杉さんとやらにつないでおいてくだせえ。切羽詰まった危ねえことがありやしたら、この木戸番小屋を急場のお救い小屋と思うてくだされ、と」

「おぉう、木戸番さん。やはりあんた、聞いたとおりのお人じゃ。なんとかお杉につないでおきましょう。それじゃ播磨屋さんの都合うかがい、よろしゅうお願いしますじゃ。なにぶんこちらの町場には、馴染《なじ》みがないものでしてな。これを機に、商いの範囲を広げられたらいいのですが」

言うとふところから紙入れを出し、小粒を何枚か懐紙に包んだ。差し出そうとする手を、

「こんなことしてもらったんじゃ、儂が町役さんたちから叱《しか》られまさあ」

李之助は三和土に降りて押し返した。

惣吾郎は懐紙の包みをふところに戻したが、李之助への信頼をさらに強めたようだ。

木戸番小屋を出た惣吾郎は、門前通りの坂道を上に向かった。しばらく李之助は木戸番小屋の前に立ち、その背を見送ったが、播磨屋の前はちらと目をやっただけで素通りした。事態がまだはっきりしないため、直接訪《おとな》いを入れるのは控えているのだろう。用心深い口入れ商人と思われる。それだけ手堅いことになる。

(いい商いをしなさっているようだ)

坂の上へ小さくなっていく背に、李之助は思った。

その李之助を、向かいの暖簾の中からお千佳が盆を小脇に、満足そうに見つめていた。やはり惣吾郎に、李之助への信頼感を最初に印象付けたのは、お千佳のようだ。

李之助は、木戸番小屋のすり切れ畳の上に戻った。

（咎人が挙《あ》げられた？　どういうことだ）

李之助の脳裡は混乱した。

少なくとも小政屋惣吾郎は、咎人捕縛によって黒鍬組の屋敷地に抱《いだ》いていた疑念を払拭したのは確かだ。だから斎藤家にかつて口入れしたお杉の一件を、内々《ないない》に収めるのではなく、泉岳寺門前町の木戸番小屋まで持って来たのだろう。

すでに坂道に惣吾郎の姿は見えない。泉岳寺の横を経て魚籃坂に向かい、黒鍬組の屋敷地にふたたび足を入れ、口入屋なら近辺の女中か中間に声をかけるなど、なんとか方途を講じてお杉につなぎを取るだろう。惣吾郎にとっても、かつて小政屋が口入れした女中であれば、放っておくことはできないのか……。惣吾郎は、それを感じさせる人物だった。

権助駕籠が戻って来たのは、きょうもまた陽が沈むには間のある時分だった。この日も日向亭の縁台でひと息入れるよりも、李之助の木戸番小屋の腰高障子を開けた。

「きょうも田町をぐるぐるまわって増上寺のほうまで行っててよ」

「結局また、黒鍬の屋敷地には行けなかったい」

三和土に立ったまま権十に助八がつなぎ、二人そろってすり切れ畳に腰を下ろした。そこへお千佳がまた、

「まあまあ、きょうも」

と、お茶を運んで来た。

権十が言った。

「ちょうどいい。お千佳ちゃんも聞いていきねえ。おめえ、街道のながれをいつもながめてやがるが、田町で女殺しの野郎がお縄になったって話、聞いたかい」

「ええ。捕まったんですか！」

お千佳は声を上げた。

「ほっ、どんな具合にだい」

と、杢之助も初耳を装《よそお》った。

二人はそうした反応に得意げになり、助八がそのようすを語った。

奉行所の役人は手を引いても、岡っ引たちは町のうわさを頼りに探索を進めていたらしい。それも、ほぼ固定化していた〝醜男で陰にこもった……〟とのうわさが決め手になったらしい。

長屋暮らしの男やもめで、うわさに当てはまる男がきょうの朝早く、役人に引かれて行ったというのだ。手に職がなく入墨《いれずみ》もないが軽い前科があり、日傭取《ひようとり》で日々をつないでいた男らしい。

かなりいい加減な探索だ。心ノ臓をひと突きにするなど、心得のある者でなければできない。それに死体の処置だ。わざと他人《ひと》のうわさになりやすいようにしたとしか考えられない。その理由《わけ》は、

(なんなのだ)

敢えて杢之助は疑問を口にしなかった。

助八が締めくくるように言った。

「ともかくよ、そんな危ねえ変態野郎がお縄になったってんで、町のお人らはひと安堵よ。それにお奉行所は火盗改やお城のお目付さんたちを出し抜いたってんで、鼻高々らしいぜ。おっと湯だ。早く行かねえと残り湯になっちまうぜ」

「そうだ。行こう、行こう」

珍しく助八が言ったのへ権十がつづけ、二人そろって腰を上げ、木戸番小屋を飛び出した。このあと湯屋は、権十と助八が話の中心になるだろう。鼻高々なのは、この二人のようだ。

お千佳も、

「あたしも、早く店のお仲間に教えてあげなくっちゃ」

と、急ぐように敷居を飛び出た。

木戸番小屋の中に、李之助はまた一人になった。

込み上げてくるものがあった。

人口に膾炙《かいしゃ》し、犯人像として固定化したのは、連続した猟奇的な事件なら誰もが想像する、女から相手にされず陰にこもった男……。それに近い男など、找《さが》せばどこにでもいそうではないか。そうしたうわさによる犯人像が決め手になり、一人が捕縛された。厳しい吟味で、斬首にもなりかねない。

李之助は思った。

(そうかい。実際に手を下した野郎、それが目的で一連の猟奇的な舞台をこしらえやがったかい。許せねえぜ)

他人に濡れ衣を着せる行為への憎悪は、身にかかる火の粉をふり払おうとする、いつもの保身から来る思いを超越していた。さらに、押入ったさきで殺しを演じる盗賊への嫌悪をも凌駕《りょうが》していた。

李之助にとって、お杉という女中の衝動《しょうどう》と思われる行為が、斎藤家の事件への

係り合いを示唆《しさ》し、口入れ稼業の小政屋惣吾郎の来訪が、
(枯れ葉の儂を、舞い上がらせやがったぜ)
実際に杢之助は、肚《はら》の底から滾《たぎ》り立つ思いに突き上げられ、腰を浮かせていた。
だが、
(誰がなんのために、こんな猟奇的な事件を仕組みやがった)
一応の目串《めぐし》は刺しながらも、それがまだ釈然《しゃくぜん》としない。
お杉とやらが、
(すべてを知っている)
そこに杢之助は、確信を持った。

解決の裏

一

部屋の中は薄暗くなりかけているが、外はまだ明るい。

明かり取りの障子窓から、夕刻を迎えた街道の慌ただしさが伝わってくる。

人も荷馬も荷車も、暗くならないうちにと、きょう一日の締めくくりを急いでいるのだ。

杢之助は一人、木戸番小屋のすり切れ畳にあぐら居の姿勢を崩していない。

脳裡《のうり》に目まぐるしく渦巻《うずま》くものがある。

それのまとまりがつかない。

明確に分かるのは、いまごろ権十と助八が、

「まったく哀れな変質者《へんしつもの》よ。捕まってホッとするぜ」

「田町の人らだけじゃねえ。魚籃坂のほうだってよ」

と、湯舟《ゆぶね》の話題の中心になっていることだ。

湯音の中に相槌《あいづち》が入る。

「その醜男《ぶおとこ》の面《つら》よ。見てみてえぜ」

「可哀《かわい》そうによう、気持ちは分かるぜ」

「そりゃあ、おめえだけだ。もてねえところが、おめえそっくりだからよ」

「なにいっ」

水音とともに罵声が飛び交い、すぐに仲裁が入り、

「辻斬り野郎が頓馬《とんま》じゃなかったら、殺されたお女中衆は……」

「何人目だい。このほうこそ哀れよなあ」

と、町の湯屋の話題は尽きない。

そのような湯屋の光景を杢之助は想像し、思考のなかに遠ざかっていた波音が、耳朶《じだ》に戻って来た。

思えてくる。

(儂《わし》の影走りの舞台に、新たな役者を幾人送り込みゃあ気がすむんで……？)

この世を動かしている、目に見えない力に対してである。

新たな〝役者〟とは、殺された女たちだけでなく、斎藤重郎次も、ながれ大工の

仙蔵も、口入れ稼業の小政屋惣吾郎も、さらにお杉と名乗った斎藤屋敷の女中も、そういえるかも知れない。李之助が影の主役を演じる舞台の、役者たちなのだ。それに田町の裏長屋の住人で、名は知らないが町奉行所に引かれて行った男も、主役に近い役者の一人であろう。

打ち寄せる波の音に、李之助は念じた。

(引かれて行ったおめえ、日傭取《ひようとり》のおめえだよ。おめえは殺《や》っちゃいねえ。巷《ちまた》のうわさに刺されたのよ。それがなんとも哀れだぜ)

うわさをながした者も、それによって密告《さ》した者も、目を付けた岡っ引も、縄をかけた同心も、李之助は悪いとは思っていない。みんな、踊らされた面々に過ぎないのだ。

自分の身勝手な目的のため、

(非道を非道で覆い隠し、探索を攪乱《かくらん》し、てめえ一人は逃げきろうとしている奴がいる)

それが李之助の、釣り舟から魚籃観音に至るまでの看方《みかた》である。

そやつこそ、

(許せねえ悪役)

杢之助は内心に憎悪の念を滾《たぎ》らせ、それらの〝役者〟たちを駒《こま》とし、みずから描いた盤に置いてみた。混乱し錯綜《さくそう》するおのれの脳裡を、必要になるかも知れない影走りに備え、まとめておきたかったのだ。

（おめえ、気配もなく大工道具を肩にぬうっと現れてよ。しかも斎藤屋敷のまん前だぜ。誰に言われて何を探っていやがったい。此処《ここ》まで儂を尾《つ》けて来やがってよ。儂をおめえの仲間に……？　そのめえに、おめえの素性を明かしてもらいてえぜ。こっちにゃ、いくらか出しゃばりな木戸番人ってえ以外《いげえ》に、明かすものはなにもねえがよう）

思いながら、仙蔵と名乗った大工姿の足跡をなぞってみると、

（町奉行所の同心ではねえが、いずれかの手先）

その姿が浮かび上がってくる。所作もそれを物語るように、三十がらみで機敏そうだった。面構《つらがま》えは、

（きつねに近《ちけ》えが、悪い感じはしなかったぜ。逆だ。儂と違って、品のよさを感じたぜ）

それらが脳裡をめぐる。

口入れ稼業の小政屋惣吾郎だが、名だけさきに聞けばやくざ者一家を連想するだ

ろう。さいわいなことに、杢之助はその人物を見てから、生業《なりわい》と屋号を聞いた。四十がらみの働き盛りで、二本松一家の丑蔵を思わせる風貌《ふうぼう》だった。

それを脳裡に思い浮かべながら、

（そうかい、口入れ稼業たあ、おめえさんにぴったりかもしれねえ。口入れした者がそこで難儀に遭えば捨て置けねえ。それこそ気の休まらねえ稼業とお見受けしやすぜ。その一つをここへ持って来なすった。ご縁でやしょうかねえ。お杉さんとやらが、播磨屋につなぎをと言ったってえのが、気になりまさあ。だからおなじ門前町の木戸番小屋を、急場のお救い小屋に……）

実際に小政屋惣吾郎は、となりの屋敷の女中に声をかけ、お杉を裏手の勝手戸まで呼び出し、杢之助の言葉を慥《しか》と伝えた。お杉は板戸越しに惣吾郎のつなぎをよろこび、大きくうなずいていた。

その息遣《いきづか》いは、お杉が小政屋惣吾郎をいま、ことさら頼りにしている証《あかし》である。惣吾郎への信頼は、惣吾郎が〝お救い小屋〟と知らせた木戸番小屋への信頼にもつながろうか。

板戸越しに受けたお杉のその感触を、惣吾郎は門前町の木戸番人に伝えておきたかった。

　李之助が呼応するように、それらの思考を脳裡にめぐらせ、ひと息ついたところへ、腰高障子に人影が立った。以心伝心か、小政屋の下男だった。惣吾郎の遣《つか》いで来たという。

「お杉さんは、荒い息遣いで話を聞いていた……とのことでございます」

　それだけだった。それだけで李之助には、惣吾郎が伝えたい雰囲気はじゅうぶんに伝わった。その雰囲気が伝える、お杉の追いつめられた緊迫さも、

「ふむ」

と、李之助は感じ取っていた。

　惣吾郎に言われていたのだろう、下男は三和土《たたき》に立ったまま用件だけ告げると、さっさと敷居をまたぎなおし、外から腰高障子を閉めた。

　ほんのひと呼吸かふた呼吸ほどのつなぎだった。李之助はまたすり切れ畳に一人となった。

　惣吾郎からのつなぎは、李之助を掻《か》き立てた。

　その女中のことはまだなにも知らない。だが、切羽《せっぱ》詰まっている。しかも〝播磨屋〟を指定した。こたびの件で、なにやら決定的な事情を知っているようだ。新たに人の命に関わることか、李之助は凝《じ》っとしておれなかった。

だが、凝っとしていなければならなかった。

四ツ谷左門町では、清次がいた。両国米沢町では中島屋徳兵衛がいた。だから木戸番小屋をしばし留守にしても、誰に不審がられることもなかった。

もちろん、留守居《るすい》を頼めば、門竹庵ならお絹が来るだろう。日向亭ならお千佳がよろこんで来るかも知れない。

だが、理由を訊《き》かれたら、

(応えようがねえぜ)

杢之助の最も恐れるのは、町内のごく親しい人々から、

(あの人、いったい……)

と、思われることである。

お絹はとっくに杢之助に畏敬の念を抱いているが、

(以前はなにを……)

と、思いを進めさせてはならないのだ。

動きたい。動いて黒鍬組の斎藤屋敷からお杉を連れ出せば、すべての背景が明らかとなり、播磨屋との縁談を御破算《ごはさん》にすることは容易になるはずだ。これで厄介な騒動を泉岳寺門前町に呼び込むのを防げる。

そこに確信を持っても、……動けない。

日はすでに暮れた。

「おっと、いけねえ」

外はまだ人影が視認できるが、街道の往来はすでに絶えて波音ばかりとなり、部屋の中は手探りが必要となっていた。

火は日向亭から、まだもらっていなかった。脇の駕籠《かご》溜《だま》りからもらおうとすり切れ畳の上に手探りで油皿を引き寄せ、腰を浮かしかけたところへ、

（ほっ、お千佳ちゃん。持って来てくれたかい）

腰高障子に外から提灯の灯《あか》りが差した。

お千佳ではなかった。

「いなさるかね」

太い声とともに腰高障子を引き開け、中を確かめるように提灯をかざしたのは、日向亭翔右衛門だった。

「おっ、これは旦那。つい考えごとをしておりやして。早くもこんな時分になってしまい、火をちょいと」

と、杢之助は言いながら提灯の灯りで油皿を膝の前に引いた。嘘を言っているの

ではない。実際に考えごとに頭の中を整理していると、このような時分になってしまったのだ。

「お千佳が火を番小屋に持って行くと言うので、すでに暗いことだし、代わりに私が来ましたのじゃ」

翔右衛門は言いながらすり切れ畳に腰を据え、提灯の火を油皿に移そうとする。

「恐れ入りやす」

杢之助は恐縮しながら油皿を前に押し出し、翔右衛門は移し終えると提灯の火を吹き消した。なにやら話し込むようすだ。杢之助はそれを感じ取り、

(なんでございやしょう。黒鍬の屋敷地のことでしたら、権助駕籠と二本松の三人衆に頼んでありまさあ)

胸中にすでに答えを準備し、言葉を待った。

翔右衛門は言った。

「おまえさん、権助駕籠や二本松の三人衆にうわさ集めを頼んでいても、実際には自分で乗り込みたいんじゃないのかね」

意表を突かれた思いだ。杢之助は思わず目を翔右衛門からそらせ、薄暗い空間に泳がせた。

「やはり……」

思わず翔右衛門は口に出した。灯芯一本の灯りのなかだが、杢之助の目が逃げたのを見逃さなかった。

それを前提に翔右衛門は話を進めた。

「近ごろ、ながれの大工に口入屋などと、どうもみょうなお人たちばかりが、この番小屋に出入りしなさっている。口入屋さんが木戸番小屋に住人のことを訊きに来るのなら話は分かりますが、木戸番さんのことを探りに来なさる。いずれも尋常とは思えません」

「うう……」

「おっと、誤解しないでくだされ。おまえさんを訝《いぶか》ったりしているのじゃない。むしろ、その逆です。おまえさんのような人が、木戸番人としてこの町の出入り口に控えていてくれると、住人はほんに安心できますでのう」

「へ、へえ」

杢之助は恐縮の声を洩らしながらも、視線はすでに翔右衛門に戻し、

(おっしゃりてえこと、はっきり言ってくだせえ)

灯芯一本の灯りのなかに、問いかけていた。

その空気に、翔右衛門は応えた。それを言うために、手燭《てしょく》を持って雨戸の潜《くぐ》り戸《ど》を出ようとするお千佳を引きとめ、自分が提灯を手に出て来たのだ。

「木戸番さん、若いころはご公儀の忍びをしておいでか、そうした奉公で実地をけっこう踏んでおいでだったか……」

翔右衛門の言う〝ご公儀の忍び〟とは、御庭番《おにわばん》など公儀隠密を連想してのことであろう。巷間《こうかん》の者がそれらの仕組みを詳しく知るはずがない。ともかくそういうところに若いころ、

（奉公していた……。だから、一応の心得が……）

漠然とだが、翔右衛門はここ数日で、そう読みはじめている。そうした見方こそが、杢之助にとっては最も警戒を要するのだ。翔右衛門が近くまで踏み込んで来たことを感じながら、

「あははは、旦那さま。まえにも話しやしたとおり、儂は飛脚上がりでしてな。そりゃあ飛脚仕事でお大名家やご大身《たいしん》のお旗本家に雇われることもありやしたが、なにぶん昔のことで、いちいち覚えておりませんわい」

「ほう、なるほど」

と、翔右衛門はそれを、以前のことであっても杢之助の奉公先への忠義から来る

秘密遵守と解釈し、

「そりゃあ誰しも幾十年も昔のことなど、いちいち覚えておりませんでなあ」

杢之助はその言葉が、日向亭翔右衛門の自分に対する配慮であることを解し、

「恐れ入りやす」

ゆっくりと頭を下げた。

杢之助は困惑している。翔右衛門はすでに、杢之助の以前が他人《ひと》には伏せておくべきものと解釈している。ありがたいことに翔右衛門はそれを、公儀につながる屋敷に奉公していたことと解している。

播磨屋と黒鍬組の屋敷地に切羽詰まったものがながれているいま、翔右衛門がわざわざ杢之助の以前について話すために来たとは思えない。

(旦那はいってえ何を)

その思いが伝わったか、翔右衛門はあらためて灯芯一本の灯りのなかに、杢之助の心境をのぞき見るように言った。

「もしも木戸番さん、黒鍬の件で此処《ここ》の留守居が必要なら、余人を充《あ》てるわけには参りません。私が入ってもいいと思うておるのです、いかがですかな」

「えっ」

李之助は思わず驚きの声を洩らした。

小政屋惣吾郎の言うお杉のことを思えば、すでに事態は権助駕籠や二本松の三人衆に任せておく段階ではなくなっている。

(直接、儂の足で)

思っている。影走りだ。だがそれは、勘の鋭い目利きの役人を町に呼び込まないための措置である。しかしまた影走りは、町役たちの李之助に対する特異な目を誘い込むことになる。

さらにまた翔右衛門は、こたびもいまからその道に走ってくれと言っているのだ。応じれば、いましがた翔右衛門が口《くち》の端《は》に乗せた、自分が並みの道を歩んで来た者でないことを裏付けてしまう。だがいま動かねば、お杉なる女中の身が危うくなるかも知れないのだ。

奉公人があるじに言われ木戸番小屋の留守居に入るのは、珍しいことではない。だが、町役の旦那みずからが留守居に入るなど、他の町ではとうてい考えられないことだ。

そこに李之助が驚き躊躇《ちゅうちょ》していると、翔右衛門はさらに話をさきに進めた。

「いつ、どのように……。それはおまえさんに任せようじゃないか。得体の知れないながれの大工や口入屋と直接接触し、現場にも足を入れたおまえさんのことだ。適切な判断はできましょう」

「旦那……」

杢之助は灯芯一本の灯りのなかに、すくい出すように翔右衛門の目を見つめた。ながれ大工の仙蔵や小政屋惣吾郎が聞き込みを入れたのは、お千佳だけではないようだ。亭主の翔右衛門にも接触したようだ。翔右衛門は二人のようすから、並みではない事態を嗅ぎ取っていたのだ。

波音が、ひときわ大きく聞こえる。

杢之助はその波音に声を忍ばせるように言った。

「きょう……、これから、すぐ。いつ戻って来られるか分かりやせん。そのときは番頭さんかお手代さんを代わりに……」

「それは私が決めよう。これからですね」

「へえ。もし夜四ツ（およそ午後十時）までに戻れねえときにゃ、申しわけありやせん。木戸をよろしゅうお願《ねげ》えいたしますさあ」

「承知」

翔右衛門は応えた。杢之助が入るまえ、木戸番小屋が無人だったとき、日向亭が人を出し、木戸の開け閉めもしていたのだ。

二

手拭いの頬かぶりに白足袋《しろたび》と下駄《げた》、地味な着物を尻端折《しりはしより》に、首には拍子木《ひょうしぎ》の紐《ひも》を提げ、手に町名入りの提灯を持った。木戸番人の夜まわりのいで立ちである。これならどの時刻、高輪界隈のどこを歩いていても、誰にも怪しまれることはない。それが杢之助にとって、四ツ谷でも両国でも大きな武器となった。高輪でも、いまそうなっている。

門前通りの坂道を上っている。人影はなく両脇に家々の輪郭が黒くならび、背に波音を聞いている。

「——あ、そのままで」

さきほど番小屋を出るとき、腰を浮かし見送ろうとする翔右衛門を、杢之助はすり切れ畳の上に押しとどめた。遠慮したのではない。木戸番小屋の前から、すぐに上り坂だ。外に出て見送られ、波音があるとはいえ、

（足元に音がないのに気づかれてはまずい）

とっさの判断だった。翔右衛門はそれを、杢之助の遠慮と受け取ったようだ。

坂上へ歩を踏みながら、

（結局、こうなっちまったい）

胸中に込み上げて来る。

（この町では、お向かいの翔右衛門旦那が、儂の以前を気に留めながら合力《ごうりき》してくれるかい。両国米沢町の徳兵衛旦那もそうだったなあ。ありがてえぜ。坂上の門竹庵細兵衛旦那も、お絹さんを通じて儂を助《す》けてくれる）

上りで足音がない。

播磨屋の前だ。

（お嬢のお紗希さんとやら、まだ会ったことはねえが、仕合わせ者だぜおめえさんは。お武家の優男《やさおとこ》に恋焦《こいこ》がれ、まわりが何も見えなくなるたあ……。ま、十七歳。仕方ねえか……）

念じ、提灯の火を吹き消した。門前通りの坂道に、揺れる灯りはなくなった。まだ町内だが、すでに杢之助は影走りに入っている。夜目《よめ》が利くのも、盗賊時代には仲間たちからずいぶん重宝がられたものだった。杢之助が江戸を震撼《しんかん》させた大盗の白雲一味で、副将格にまでのし上がれたのは、ことさら夜目の利くことと健脚、それに必殺の足技があったからだ。

足を洗ったいま、皮肉なことにそれらが杢之助を支えているのだ。

夜中に灯火なしで外に出ているのは、盗賊か夜逃げか影走りの杢之助くらいである。他人に不審がられれば、

「――へえ、木戸番人でやすが、火を消してしまい、難渋《なんじゅう》しておりやす。ちょいと火をくださいやせんか」

と、腰を低くすれば、たいがいは訝ることなく火をくれる。これまで町場の自身番も、武家地の辻番所の前もそれで切り抜けてきた。いわば木戸番人そのものが、杢之助にとっては絶妙の武器になっているのだ。

その影が、坂を上り切った。大きな黒い輪郭がそそり立っている。泉岳寺の山門だ。左手の町家の輪郭は門竹庵だ。となりの菓子屋ともども、雨戸を閉め灯りもすでにない。右手の町場に入れば、伊皿子台町はすぐだ。

夜の伊皿子台に立つのは初めてだ。街道からも見える袖ケ浦の漁火《いさりび》が、果てのない暗黒のなかに、小さく点々とひとかたまりになり、かすかに揺れているのも視認できる。

街道から見るのと違った風情に、

「ほう」

李之助は声を洩らし、

（おっといけねえ。この風情を楽しみに来たんじゃねえ）

吸った息を吐き、きびすを返した。寺や家々の黒い輪郭のなかに、ひと筋の暗い空洞が下に向け延びているのが感じられる。魚籃坂だ。黒鍬組の屋敷地のほうへ視線を這《は》わせた。広い範囲で各屋敷の屋根が、黒く地面に張り付いているのが感じられる。

あの一画を洗えば、鬼《おに》が出るか蛇《じゃ》が出るか……。

「洗い出してやるぜ。儂の予測した筋書きどおりなら、人として許せねえのよ。そのあとの筋書きは、儂が書かせてもらうぜ」

胸中に念じたのでも、つぶやいたのでもない。眼前に広がる闇に向かい、肚《はら》の底から絞り出すような声で言ったのだ。

その低い声はつづいた。

「お杉さんといいなすったねえ。どんなようすか知りやせんが、ともかく生きていてくだせえ」

言い終わると大きく息を吸い、魚籃坂に一歩踏み出した。

下り坂だ。夜はまだ長い。急いでいない。下駄の音を抑えた。気を遣うことはない。ゆっくりと歩けば、音のないのが自然となる。

魚籃観音の前に来た。閉じられている山門に向かい、

（えー、観音さまへ。とくとご照覧《しょうらん》あれ）

合掌し、念じた。

「行くぞ」

おのれに言い聞かせた。

すでに杢之助の胸中は、斎藤重郎次を葬《ほうむ》るよりも、田町でうわさを根拠に女中殺しの濡れ衣を着せられ、八丁堀茅場町《はっちょうぼりかやばちょう》の大番屋《おおばんや》に引かれた、冴えない日傭取の男を救うことのほうが大事、との思いも働いている。

ならば事態は、重郎次に必殺の足技をかけ、息の根を止めて一件落着とするわけにはいかない。だから杢之助はなんとしても、お杉なる女中の身柄を手中にしたかった。小政屋惣吾郎の話から、木戸番小屋がお杉に急場のお救い小屋になってやれたなら、

（事態は一挙に動く）

杢之助はそれを確信している。いま木戸番小屋にいるのが日向亭翔右衛門である

のが、いまとなってはこれほどの好都合はない。翔右衛門なら駈け込めば、女中の一人くらい、容易にひと晩でもふた晩でもかくまうことはできる。

杢之助がいましがた魚籃観音へ〝ご照覧あれ〟と念じたのは、それらの策も念頭に置いてのことだった。

屋敷地の枝道に入った。斎藤屋敷の板塀はすぐだ。

この時刻、当然ながらいずれの冠木門《かぶきもん》も閉まっている。しかもどの冠木門も似た造作で、それぞれになんらの特徴もない。杢之助は昼間に来た所を夜に訪れ、迷うことも間違うこともない。昼間の観察を夜に間違えていたのでは、盗賊は務まらない。杢之助はいま、昔取った杵柄《きねづか》を振《ふ》るおうとしている。黒鍬組の屋敷はいずれもおなじ構造で、外から見ただけでおよその間取りは判る。

斎藤屋敷の門前に立った。

張り付いた。背を門扉《もんぴ》にすり寄せ、移動するときは蟹《かに》のように左右に移動する。見つかったときの用心だ。背を門扉に向けている。忍び込もうとしているようには見えない。

冠木門の門扉にも潜り戸はある。背の感触がその場所を探ると、潜り戸に背を向けたましゃがみこむ。ふところに畳み込んだ提灯の中に、ろうそくのしずくを削《そ》ぎ落《お》とす竹べらが入っている。かりにこの場面を誰かに見られていたとしても、うしろ向きで板戸へもたれるようにしゃがみ込んでいるのだ。いま不意に提灯の灯りを持った者が通りかかったとしても、

『どうした。具合でも悪いのか』

と、不審感ではなく親切心から声をかけてくるだろう。

『へえ、近くの木戸番人でやすが……、提灯に火を……』

言いながらふらつくようすで腰を上げれば、背を板戸に向けている。本物の木戸番人であり、どのようにでも言いこしらえることができる。

しゃがんで板戸にもたれ込んだまま、手だけはうしろにまわし動いている。その指先には竹べらが挟まれている。戸の溝《みぞ》に刺し込み、小桟《こざる》の場所をさがし、それを溝の窪《くぼ》みから外そうとしているのだ。

冠木門の潜り戸など、単に戸を閉めれば小桟が窪みに落ちて外から開けられなくなるだけで、凝《こ》った仕掛けのものはない。すこし複雑なものでも、竹べらや釘を駆使すれば、錠前と違って開けられないことはない。

すぐに開いた。門内に人の気配がないのを確認すると、うしろ向きの姿勢のまま内側へころがり込んだ。なおも見つかったときの用心である。この時点で見つかっ

たなら、

『へえ、ちょいと遣《つか》いで近くまで来たのでやすが、めまいがして座り込みやすと、不用心はいけやせんぜ。潜り戸の小桟がちゃんと下りていなかったようで』

それが通用する、体の向きである。

さいわい往還で提灯を手に通る者もおらず、門内の庭にも見える範囲に手燭を手に動いている人影はなかった。

「ふーっ」

低く安堵《あんど》の息をついた。これで潜り戸を内側から閉めれば、外側から見ればなんらの異状もない。忍び込みの第一段階は通過した。

母屋の玄関口の前に立った。組頭の屋敷ともなれば、体面を重んじて冠木門の横に町人を住まわせる長屋は建てていない。それだけ庭は広く感じる。忍び込んだ者も余計な目を気にせずにすむ。

夜の玄関前に立ち、杢之助は大きく息を吸った。

落ち着いていた。これが押込みなら、庭に入り仲間の数を確かめるときも、慣れるということはなかった。何回やっても緊張から、心ノ臓の高鳴りを覚えたものである。

ところがいま、一人で忍び込んだにもかかわらず、緊張はもちろんあるが、かつてのような、恐怖に似た心ノ臓の高鳴りはなかった。

(そりゃあそうよ。盗賊の押込みじゃねえんだ)

思うと、心ノ臓の高鳴りも止んだ。

念じた。

魚籃観音だけではない。

(八百万《やおよろず》の神々よ、ご照覧あれ)

胸中は平常に戻った。

三

暗く人の気配もないなかとはいえ、母屋の正面玄関の前で深呼吸など憚《はばか》られる。

すこし脇にそれた。

あらためて大きく息を吸い、

(ご照覧あれ)

ふたたび念じ、ゆっくりと吐いた。

白雲一味のとき、杢之助は仲間とともに庭に忍び込み、母屋の雨戸をこじ開け中に入るまえ、この所作を必ずおこなった。押入った先で人を殺傷したり犯したりの非道に走るのは、決まってこの深呼吸の儀式を怠《おこた》った者たちだった。

もう一度くり返した。焦《あせ》らず逸《はや》らず、ゆっくりできたなら、このあとすべてが落ち着いた状態で進められる。失策《しくじり》があっても、慌《あわ》てることなく善後策《ぜんごさく》を講じることができるのだ。

「さてと」

低く声に出し、母屋の建物を一巡するように裏手にまわった。まだ、下駄のままだ。これで足袋跣《たびはだし》にでもなれば、まったく盗賊の押込み姿となる。

夜中に鼻を利かせれば、所在はすぐに分かる。厠《かわや》だ。

いずれの家屋も、厠は奥の廊下の突き当たりというのがおよその造作だ。夜は廊下の雨戸は閉じられる。だが手水鉢《ちょうずばち》は外で、家の者はその都度《つど》、内から小桟を上げ、雨戸を開けて手を洗う。なかには石造りの凝った灯籠《とうろう》のような手水鉢もあり、その出来具合がその家の格式や勢いをあらわしている。盗賊時代、杢之助は手水鉢を見てその夜の収穫を皮算用したものだった。

それ以外に、盗賊にとって手水鉢は実に重宝なときがある。塀を乗り越え庭まで入ったはいいが、玄関はむろん裏庭の雨戸も凝った造作で、竹べらや釘では容易に小桟を外せないことがある。無理やりこじ開けようとすれば音が立ち、家人に気づかれ流血の惨事を見ることになりかねない。

李之助が数名を率い、ある商家に忍び込んだときだった。その商家は手堅い商いで玄関や雨戸の造作も手堅かった。むりやり雨戸を外し、押入るようなことはしない。石でできた手水鉢の陰に、家人が使うのをひたすら待った。なかには雨戸の内側に手燭の灯りを感じたが、足音だけで去った。

李之助は配下をなだめ、ひたすら待った。雨戸を開け、手水鉢に手を伸ばした者がいた。この機を逃さない。

すかさず喉元《のどもと》に匕首《あいくち》を突きつけ、進入路を確保するのではない。騒がれたなら、やはり流血の騒ぎを呼ぶことになる。

李之助はそのようなことはしない。

開けられた雨戸の溝に竹べら刺し込む。開けた者は半分寝ぼけている。外に盗賊が潜んでいるなど思いもせず、また雨戸を閉め遠ざかる。雨戸の溝にすき間ができている。あとは音を立てずに容易に開けることができた。その夜、待ったかいがあったのか、家人に気づかれることなくけっこうなお宝にありつけた。

それを今宵、

(あのころよりは、遣《や》りやすいぜ)

李之助は胸中に念じた。

幾人かの配下を従えておれば、まずその者たちからなだめなければならない。成果なく夜明けを迎え、虚《むな》しく引き揚げることになるかも知れない。そこに配下をまとめるなど、至難《しなん》の業《わざ》だった。そうしたとき、清次の存在はありがたかった。

いま手水鉢の陰に潜むのは、自分一人だ。それだけ気が楽だ。だが、朝まで雨戸が開かないことも考えられる。

(そのときは……)

そのときに考える。

いずれにせよ、このように悠長な策を考えるのは、李之助以外にはいない。

(ふふふ。これが波風を起てない、最も確実な方途だぜ)

李之助は確信している。

うずくまった。

匕首は持っていないが、拍子木を首にぶら提げている。使いようによっては、この上ない武器に見せかけることはできる。

待った。

すでに持久戦を覚悟している。

皐月《さつき》（五月）の夜は蚊が出る。尻端折にしていた着物の裾《すそ》を足首まで下ろし、腕も袖《そで》の中に入れ、頬かぶりも顔全体を包み込むように結びなおした。

魚籃観音に〝ご照覧あれ〟と念じたのが天祐《てんゆう》を呼んだか、持久戦を覚悟していた身には、思いのほか早く内側からの足音に恵まれた。一人目の足音は素通りだったが、二人目の足音のときだった。神助《しんじょ》か、それはまさしく杢之助が願った展開に進む気配を帯びていた。

雨戸のすき間から洩れる手燭の灯りからも感じられた。

灯りと足音は、手水鉢の内側に止まった。厠から出て来たと思われる。

杢之助は身構え、神経を耳に集中した。

その気配は、しゃがみ込んだようだ。小桟を外した。凝った造りで、三回ほど木枠のこすれる音が確認できた。

（開くぞっ）

杢之助は念じ、竹べらを手に身構えた。このあと、人知れず女中部屋に向かい、お杉に語りかける算段だ。女中部屋はおよそ見当がつく。台所に近く日当たりのよくない位置にある。

そのあとは、

(お杉さん次第)

思いながらも、お杉が自分に従うことを確信している。

(ん?)

新たな足音だ。

「あっ」

と、驚いたような声が聞こえた。別の誰かが近づくのに気づいたのだろう。歩を踏む音は止まった。

さきほどの押し殺した声は、女だ。雨戸の下の部分から聞こえた。小桟を開けようとしていたのはお杉か、それとも重郎次のご母堂《ぼどう》か。小政屋惣吾郎の話では、いま斎藤屋敷に居る女衆は、この二人しかいない。

ほかにおなじ屋根の下に暮らしている男衆は、これも惣吾郎の説明だが、体調を崩し隠居した父親と、中間二人と飯炊きの爺さん一人と重郎次の計五人となる。

李之助は人物を特定しようと、そっと耳を雨戸に張り付けた。

聞こえる。

押し殺した声だ。

ということは、家長の重郎次やご隠居やご母堂ではない。それら家の主筋の者なら、わざわざ厠《かわや》に近い廊下で、声をひそめる必要はない。

「驚かして済まねえ。はばかりだったかい。おまえさんがこんな時分に動きだすもんだから、わしゃてっきり……」

皺枯《しわが》れた男の声だ。飯炊きの爺さんに違いない。ならば若い女の声は、

（お杉！）

つぎの言葉を待った。

果たしてお杉の声だ。

「時を逸《いっ》しました。もう遅うございます。お家の目が光っております」

言ったところへ奥のほうから、

「おまえたち、なにをしているのです。こんなところで」

手燭の灯りとともに近寄って来た声は甲高《かんだか》く、歳経《としふ》った女と思われる。重郎次のご母堂だろう。

夜更けてからの、雨戸に閉じられた廊下での語り劇、観客ならず聞いている者は

杢之助一人である。

お杉はなかなかの役者だった。

「おまえたち、夜は無論、昼間も外に出ることはなりませぬぞ」

「へ、へえ。分かっておりますだよ。厠に起きて、ここでちょうど、お杉さんと鉢合わせになりましただよ」

お杉は身をかがめたままだった。いま小桟を外したところだったのだ。

「そうなんですよ。あ、奥方さまも……。外の手水鉢、雨戸を開けたままにしておきましょうか」

言いながら雨戸を引き開けた。

杢之助は息を殺した。目の前にぽっかりと灯りの洩れ出る空洞ができたのだ。廊下の者が手水鉢の上に身を乗り出さなければ、外で雨戸に張り付いている杢之助は見えない。手を伸ばせば届くほどの至近距離で、心得のある者なら気配を感じ取るだろうが、老いたご母堂にも若いお杉にも、そうした心得はなかった。飯炊きの爺さんは、

「それじゃ奥方さま、わしは部屋に」

と、その場から逃げるように足音を遠ざけたばかりだ。

話劇の役者は女二人となった。

気が気でない。お杉が顔を雨戸の外に出せば、気配に気づき悲鳴を上げることになろうか。当然、奥から重郎次が押っ取り刀で飛び出て来よう。女二人の手燭を叩き落とし、重郎次が大刀を手にしていても闇の中での戦いになれば、圧倒的に杢之助のほうが有利だ。

しかし、重郎次をここで斃《たお》すのは不本意であり、問題解決にはならない。田町の長屋でうわさを根拠にお縄になった冴《さ》えない男は、猟奇的な女殺しの罪人として打ち首になるだろう。無実の者が濡れ衣を着せられ、命を絶たれる……。

(許せぬ!)

そればかりか、杢之助の身が危うくなる。

杢之助は息を止めた。気配を消したのだ。

奥方の声だ。

「そうね。そうしておいてもらおうかしら」

足音が数歩そこから離れる。お杉は腰をかがめたまま片手の指を廊下につき、もう一方の手に手燭を掲げ、奥方のうしろ姿に礼を取っている。

この間合いが、杢之助にはことさらに有難かった。奥方は厠に、その場の舞台の役者は、李之助とお杉の二人になったのだ。もちろん奥方はすぐ近くにしゃがみこんでいるだろうが、板戸一枚を隔てた厠の中では、外に動きがあっても気付かないだろう。だが、わずかでもお杉との間合いにずれが生じたなら、この限りではなくなる。

手水鉢に、白い腕が二本のびて来た。

李之助はようやく息をついた。

さすがにお杉は気配に気づいたか、ハッとしたように手の動きを止めた。その瞬間を李之助は逃さなかった。

「お杉さん、三田の寺町から参りやした」

「えっ」

突然の低い声に、伸ばした腕がビクリと動いた。

成功だ。寸分でも間合いを外していたなら、お杉は動きを止めるよりも、悲鳴を上げていただろう。

お杉はそっと身を雨戸の外へ乗り出し、おそるおそるといった風情で、声のほうへ顔を向けた。お杉の手には手燭がある。なるほど、しっかり者の顔つきだ。お杉は李之助の顔を知らない。訝《いぶか》る表情になりかけたところへ、李之助は低い声をかぶせた。

「小政屋です。この危ねえ橋は、番頭や手代では渡れやせん。惣吾郎旦那から直《じか》に言われやした。さあ、一緒に来てくだせえ。泉岳寺門前町でさあ」

暗い庭を手で示した。

「えっ」

「さあ、早《はよ》う。命を狙われてんでござんしょう」

「は、はい」

三田の寺町から来た……、命を狙われている……、泉岳寺門前町へ……、いずれもお杉がとっさに小政屋の番頭に語ったことである。訝る点はただ、杢之助が知らない顔だということだけだった。杢之助は〝さあ〟と急《せ》かす。事態は切羽詰まっている。命も危うい。さきほど飯炊きの爺さんと話していたのも、そのことだった。飯炊きの爺さんは、厠へ立つお杉をてっきり屋敷から抜け出すと思ったのだ。爺さんがお杉に合わせ低い声だったのは、

(できれば、自分も……)

と、思っていたのかも知れない。しかしいまのお杉に、そこまで考える余裕はなかった。ただ惣吾郎から頼まれたという、この歳経《としふ》った人物を信じるというより、

すがる気分になった。泉岳寺門前町の木戸番小屋が〝緊急のお救い小屋〟になることも、惣吾郎から聞かされている。

とっさの判断だった。お杉は縁側から庭に飛び降り、手燭を袖で覆った。用心深さは忘れていない。

「こっちだ」

李之助はお杉の肩をつかみ、手水鉢から離れ、物陰に身を寄せた。

厠から奥方が出て来て、手水をつかったのは、このあとすぐだった。

物陰から、奥方が内側から雨戸を閉めるのを確認した。

四

李之助が歩を止めたのを機に、

「あのう」

お杉が遠慮気味に声をかけた。縁側から飛び降りたときから素足のままだったのに、李之助はようやく気づいた。

「すまねえ。儂としたことが」

李之助は白足袋に下駄履きである。

場所は魚籃観音の山門の前だった。

李之助は自分の白足袋を脱ぎ、

「寸法は合わねえだろうが、これを履きなせえ。なあに、ここから泉岳寺門前町まですぐでさあ」

「は、はい」

お杉は腰をかがめ、寸法の合わない白足袋を履いた。裸足《はだし》よりははるかに楽である。李之助は素足に下駄履きになったから、かえって歩きやすい。灯りは李之助がふところから出した〝泉岳寺門前町〟と墨書された提灯に移し、お杉の持つ手燭を李之助は受け取り、

「どなたか、使ってくれる人がおればいいのだが」

山門の隅にそっと置いた。

さきほどからの李之助の所作《しよさ》に、お杉は斎藤屋敷に忘れて久しい、人のぬくもりを感じていた。

李之助は、いくらか戸惑い気味のお杉を提灯の灯りに照らして言った。お杉は寝間着を細い腰紐《こしひも》で締めているだけだ。夜中といえど外を歩くにはまずい。

「なあに、見ている者は誰もおりやせん。それに、すぐそこでさあ」

提灯で坂の上のほうを示した。

「は、はい」

坂を上り、つぎに下れば波の音が大きくなる。人目を忍びながら歩を進めても、小半刻（およそ三十分）とかからない。

お杉も屋敷奉公で、夜とはいえ界隈に土地勘はある。

だが、戸惑い気味のまま、

「あのう、そのまえに……」

低く言うと閉じられた山門に向かい、合掌《がっしょう》し黙禱《もくとう》を捧《ささ》げはじめた。熱心なようすが、その全身から伝わってくる。

さきほどからお杉が戸惑い気味だったのは、縁側から庭に飛び降り屋敷を抜け出したときは、寝間着に腰紐姿を恥じらうものだった。いまもお杉は戸惑っている。その原因の所在を、杢之助は読み取った。寝間着に腰紐の次元のものではない。そこは魚籃観音の山門前である。

お杉のからだが、小刻みに震えている。

（そう、それでいいんだぜ、お杉さん。そのまま、儂につき合《お》うてくだせえ）

李之助は胸中につぶやいた。

もし気づかれて追っ手がかかったなら、最も見つかりやすい魚籃坂にわざわざ歩を進めたのは、屋敷地の地形に李之助が不慣れだからではない。虎口《ここう》を脱したお杉が、いまの心境になるのを期待してのことだったのだ。

灯りを持ったまま山門前に長居は危険だ。お杉がその気になってくれれば、あとはもう急いで決着をつけるばかりである。

「さあ、お杉さん。行きやすぜ」

「あ、はい」

坂上に向かって踏み出した。

手拭いを頰かぶりに、着物の裾を尻端折にし、町名入りの提灯を前面にかざし、どこから見ても夜まわりの木戸番人の姿に戻っている。

お杉と寄り添うように肩をならべた。

李之助は下駄の歩幅を、お杉の寸法の合わない白足袋に合わせている。

もちろん、追っ手がかかっていないか気を配った。その気配はなかった。斎藤家では、雨戸を閉めた奥方も、お杉の逃亡にはまったく気づいていないようだ。

李之助は闇に声を這《は》わせた。

「教えてくだせえ。内側に居なされば、外からは分からねえことも、気付きやしょうかい」

「はい。気づくどころか、お先棒まで……」

お杉の覚悟を決めた声が、李之助とおなじ闇に低くながれる。

屋敷を脱したものの、お杉は小政屋惣吾郎に頼まれたというこの人物を、

(どこまで頼っていいの……)

迷っていた。

李之助は魚籃観音の前までいざなうと、そこでひと息入れた。お杉に決意を促すためだった。お杉がそれに応じたのは、そこがおなじ屋敷地の朋輩《ほうばい》が殺され、捨てられていた場所であったこともさりながら、〝寸法は合わねえだろうが〟と、いままで気づかなかったことを詫《わ》び、自分の白足袋を脱いだ仕草に、お杉はすべてを語る気になったのだ。

坂上に向かって歩いている。李之助の足元に音はない。お杉がそこに気づいたとしても、

(夜中には、やはり用心しておいでか)

思うことだろう。

「それはもう、朋輩に羨《うらや》ましがられました」

お杉は語りはじめた。

朋輩とは、奉公人仲間のことである。それぞれに奉公する屋敷は違っても、互いに顔見知りになり、うわさ話や屋敷の愚痴を語り合ったりする。

斎藤重郎次の優男ぶりは、屋敷地の女衆のあいだでも評判で、その屋敷に奉公するお杉は、毎日重郎次と顔を合わせ、身のまわりの世話までしていることを、朋輩たちから羨望《せんぼう》の眼《まなこ》で見られていたのだ。

「結《むす》び文《ぶみ》の使い走りもしまして」

それが屋敷地の中だけでも、数人いたとお杉は証言する。なかでも美貌で評判の腰元がいた。お景《けい》ということし十八歳の女中だったという。

歩を踏みながら、

「だった？」

杢之助は問い返した。

「はい。だったのです」

お杉は応えた。

二人は申し合わせて町場の水茶屋でも逢うようになった。

「そのつなぎ役をやっていたのがあたしなのです。重郎次さまのことですから、町家にもそうした情交《わけ》ありの女人《にょにん》はおいででした。そのほうのつなぎ役は中間さんたちの仕事でしたから、相手がどんな素性のお人たちか詳しくは知りません」

重郎次はかなり広範囲に情交ありの女がいたようだ。

お杉は絞り出すような声を抑《おさ》えて話している。

「お景さん、孕《はら》んだのです。重郎次さまのお子です。あたくしも混乱しました。あたしより七歳も若い朋輩が、斎藤家に若奥さまとして入るのか、と。そこへ持ち上がったのが、泉岳寺門前町の播磨屋さんとの縁談でした。お景さんをどう処遇するか、重郎次さまが混乱なさっているのは、おなじ屋根の下ですから、手に取るように分かりました」

闇の彼方《かなた》に、漁火が点々と見える。

「まあ」

お杉は話を中断し、声を上げた。近くに住んでいて、昼間の袖ケ浦は幾度も見ているだろうが、夜の漁火は初めてのようだ。

「あ、あれ！」

感嘆の声が緊張に変わった。

「ん？」

李之助はその方向に提灯をかざした。

はるか下の暗い海に点々と揺れる火ではなく、十数歩先に提灯の灯りが揺れている。先方も警戒してか提灯の動きが止まった。男が二人、一人はかなり酔っているようだ。伊皿子台町の住人で、いずれかで飲んでいて、帰りがこんな時分になってしまったのだろう。

李之助は気を利かせ、

——チョーン
拍子木をひと打ちし、

「おめえさんがた、お気をつけなせえ。儂もいま、商家のお女中を送って帰《けえ》るところでさあ」

声が返ってきた。

「ああ、よかった。どっかの木戸の番太郎さんかい。このめえ出たってえ辻斬りよ、女を狙ってたっていうからなあ。くわばら、くわばらだ」

言葉を交わしながらすれ違った。やはり酔っ払い二人は、帰りが遅くなってしまい、辻斬りのうわさに怯《おび》えていたようだ。こんなとき、互いに声をかけ合うことほど、安心できるものはない。さらに杢之助は酔っ払い二人に教えてやりたかった。

『もう、辻斬りは出やせんぜ』

胸中には言ったが、声には出せない。まだそれは、杢之助の推測の範囲内のことなのだ。

伊皿子台町を過ぎると、坂は下りとなり、泉岳寺は近い。

お杉がさらに杢之助に肩を寄せ、

「さっきの辻斬りの話ですが……」

話し始めた。さきほどは酔っ払いとすれ違い、重大な話が中断してしまったが、お杉はそのつづきを話そうとしている。

「ふむ」

杢之助は軽いうなずきを返した。内心は急《せ》いている。これまで立てた予測が当たっていそうな感触があるのだ。

(さあ、お杉さん。順を追って話してくんねえ)

歩を踏む一歩一歩に杢之助は念じ、ふたたびお杉の口が動くのを待った。

お杉は言った。

「あたくし、きつく詰《なじ》られました。重郎次さまから、おまえのでたらめで大恥をかいたなどと」

　武家地の朋輩が夕刻屋敷の遣いで外出し、帰りは暗くなってからになるので町駕籠を拾うとの話をつかみ、重郎次に伝えたのはお杉だった。お杉は重郎次から、そうした話を拾い、詳しく聞いて知らせよ、と命じられていたのだ。

「それが辻斬りに……、つながるなどとは……、思ってもいませんでした」

　お杉の声は、途切れ途切れになった。

　辻斬り騒ぎのあった夜、重郎次は夕刻から他出し、夜更けてから憮然《ぶぜん》としたようすで帰って来た。

　朋輩の乗った町駕籠は、辻斬り未遂の直後に現場を通ったという。それを朋輩から聞かされ、仕掛けたのが重郎次であることに気づいたとお杉は言う。

　殺されたお景にその日、重郎次からの結び文を届けたのも、

「あたくしなのです。もちろん、内容は知りませんでした。おそらくいつものように、逢引《あいびき》の場所と時間を知らせる内容だったのでしょう。それとも、もっと深刻な話があったのかも知れません。お景さんのおなか、あたくし、気づいておりました。その行く末を、案じておったのです。その日も重郎次さまは夕刻から他出され、お帰りになった時刻は知りません。その翌朝なのです。魚籃観音さまの山門前に女の

人の死体が横たわっていて……」

お杉は歩を小幅に踏みながら大きく息を吸い、

「あたくし、誰が殺《や》ったか、すぐ判《わか》りました」

「まだ一月《ひとつき》も経っていねえが、まあそのくれえめえだったが、高輪大木戸に近い海岸で……」

「あれも、重郎次さまが……。間違いありません」

李之助が訊き終わらないうちにお杉は応え、

「あのとき奥方さまからあたくし、聞かされたのです。手を下したのは変質の者に間違いない、と。お中間さんたちも旦那さまからそう聞かされ、近辺で言いふらしていました。あたくしも近辺の朋輩と立ち話などしたとき……」

かなりうわさを広めたようだ。

「おっと」

李之助は急な下り坂につまずいたか、下駄に音を立てた。

「ああ、お気をつけて」

お杉が李之助の腕を支えるようにつかまえた。

「ありがとうよ。おめえさんのほうこそ気をつけねえ。慣れねえ急な下り坂だからなあ」

李之助は返した。いつの間にか門竹庵の前も過ぎ、二人の足は播磨屋の前を踏んでいた。

「ほれ、ここがおめえさんがつなぎを取りたがっていた、旅籠《はたご》の播磨屋だ」

「えっ」

お杉は声を上げ、黒い輪郭を見上げた。

「ともかく木戸番小屋だ。町役さんがいなさるから、話はそれからだ」

「は、はい」

李之助の足は、さらにゆっくりしたものになった。お杉はその歩に従った。もちろん目的の一つはそこにある。だが、それだけではない。提灯を手に、李之助には慣れた坂道だ。お杉の話は、締めの段階に入っている。番小屋に着くまでに、最も肝心なことを確かめておきたい。李之助の肚《はら》は、

（今夜中に始末を）

決めているのだ。

低く言った。

「儂の推量に間違《まちげ》えがなければうなずくだけでいい。違っておりゃあ、そう言って

くんねえ」

「はい」

李之助は語った。

「殺《や》ったのは重郎次。まったく行きずりで、刺された人は哀れというほかはねえ。釣り舟に乗せたのは、猟奇的な変質者を装うため。そのあとおめえさんや中間さんたちが、重郎次から言われたとおりのうわさをながした」

「は、はい。ご隠居さまからも奥方さまからも、おなじことを言われ、あたしたちはそう信じたのです」

「ふむ。ならば重郎次一人の狼藉《ろうぜき》じゃのうて、老いたご隠居とご母堂もつるんでいやがったのかい」

「は、はい。そのとおりなんです。あたくしやお中間さんたちがそこに偲《しか》と気づいたのは、お、お景さんが……、死体となったときでした」

お杉は懸命に涙と悔しさを抑えながら語っている。

「一日早く気づいておれば、お景さんは……」

「死なずにすんだと言いてえのだろうが、そうじゃねえぜ。一日早《はよ》う気づいていたなら、死体の数がおめえを含めて増えていたことになるだけだったと思うぜ。それもこれも……」

「はい、そうなんです。さきほど通りました播磨屋さんとの縁組をうまく進めるため……」

お杉は言いかけて足を止めた。木戸番小屋の腰高障子が、ほのかに浮かんで見えたのだ。油皿の灯芯一本の灯りでも、夜になれば腰高障子を闇に浮かんでいるように映し出す。

杢之助は駕籠溜りの狭い空き地にお杉の肩を押し、提灯を中にしての立ち話になった。

お杉は口に耳を近づけなければならないほどの声でつづけた。腰高障子のすぐ前に立ったのではないから、留守居の翔右衛門に気づかれることはなかった。

お杉は涙声になり、

「釣り舟のご遺体も、辻斬り騒ぎも、重郎次さまのお子を孕んだお景さんを、変質の者の仕業に見せかけて殺害するための、前段階だったのですうっ。そのために田町で行きずりの女《ひと》が殺され、罪もないお人がうわさから奉行所に引かれ、いまにも打ち首になりそうだなんて、あぁぁぁ」

こんどは杢之助が、その場に崩れ込みそうなお杉の両腕を、提灯を持ったまま支

えるようにつかまえ、

「つまりだ、すべて持参金付きの播磨屋との縁談を、事なく進めるための狼藉だった、と。そこに老いたふた親までが加担しておったたあ、もうあきれて物も言えねえぜ。で、中間二人はどうする。おめえが斎藤屋敷に殺されるように、中間も無事ではいられまいよ」

「分かっております。ですから、あたくしがお屋敷からいなくなったと分かれば、その足でいずれかへ」

「中間さんたちも、係り合いにならねえようにと、身を護りなさるかい」

逃亡である。李之助の問いにお杉は、

「は、はい」

遠慮気味に返した。

暗い中に声をひそめた立ち話に、李之助は奉公人たちの逃亡を決して詰《なじ》っているのではない。

だが、

(田町で捕縛された男やもめは)

奉行所はまんまと、世間にながれたうわさに嵌《は》められたのだ。

聞きたいことはすべて聞き出した。

「お杉さん、悪いようにはしやせんぜ。そこの木戸番小屋にゃ、この門前町の町役さんがいなさらあ。播磨屋さんとは町役仲間でご昵懇《じっこん》の人でやしてね。いまこの町で播磨屋さんの縁談を最も心配なさっているお人だから、話せばおめえさんのことも相談に乗ってくださいまさあ。さあ、引き合わせやしょう」

「あ、はい」

杢之助はお杉の背を押した。

腰高障子の中で、

(ん？　おもてに人が……)

日向亭翔右衛門は、ようやく気配を感じ取った。

(駕籠溜りの権十たちでもなさそうだし、木戸番人ならさっさと戻って来そうなものだし……)

いくらか不審も覚え、確かめようとすり切れ畳に腰を浮かしたところへ、提灯の灯りが腰高障子に近づき、

「遅くなって申しわけありやせん。代わりに、この上なく大事《でえじ》なお客人をお連れいたしやした」

言いながら腰高障子を開け、

「さあ。もう安心だ」

お杉の背を敷居の中にそっと押した。

寝間着で細い腰紐に寸法の合わない白足袋を履いている。ひと目で寝起きを飛び出して来たことが看《み》て取《と》れる。

「あんた、斎藤屋敷の……」

「へい、お察しのとおり、斎藤屋敷のお女中で、お杉さんと申しやす。こうなりやした経緯《いきさつ》は、直接ご当人からお聞きくだせえやし」

言うと杢之助はお杉に向きなおり、

「さあ、お杉さん、こちらがさきほど話しやした日向亭の旦那で」

「は、はい」

お杉は三和土に立ったままである。これまで寝間着のまま夜道を歩いて来たことも忘れ、提灯と油皿の灯りのなかに恥じらいを見せる。

杢之助はつづけた。

「儂はまだやらねばならねえ用事がありまさあ。旦那、あとはよろしゅう」

言うとお杉をすり切れ畳に座らせ、

「木戸番人にゃ、この白足袋が必要でやしてね」

言いながら腰をかがめて白足袋を脱がせ、その場で履いた。

お杉の足のぬくもりが伝わって来る。お杉もさきほど魚籃観音の山門で、杢之助のぬくもりを感じているのだ。

お杉が白足袋を脱ぎ、それを杢之助が履く。そこに双方が命を賭けていたことを、翔右衛門は感じ取った。

泉岳寺の打つ宵《よい》の五ツ（およそ午後八時）の鐘が聞こえてきた。

杢之助は腰を上げ、

「ほれ、これでさあ。火の用心の夜まわりは木戸番人の、一番大きな仕事でやしてね」

すでにそのいで立ちである。

「ふむ」

翔右衛門はうなずいた。杢之助がこれから火の用心にだけまわるのでないことは解している。何をしに何処へ行くのか……。そのことよりもいま翔右衛門は、お杉がこれから話す斎藤屋敷の実情のほうに、強い関心を持っている。

「それじゃ、行ってめえりやす」

李之助は外に出ると、腰高障子を外から閉め、数歩坂道に踏み出すと、

――チョーン

拍子木をひと打ちし、

「火のよーじん、さっしゃりましょーっ」

五

提灯の棒を帯《おび》に差し、手拭いの頰かぶりで拍子木を打ち、火の用心の口上を述べながら、李之助の足は坂を上った。

一歩一歩に、

(許せねえぜ)

込み上げて来る。播磨屋との縁談を進めるため、孕んだお景を殺害する。それを変質者の仕業《しわざ》に見せかけるため、田町で無関係の武家屋敷の女中を殺してそれらしく見せ、さらに辻斬りまでしようとした。それを老いたふた親が戒《いまし》めるどころか、お先棒の一端を担いでいた。それらに許せない順位をつけるとすれば、一連の事件でもあり、順位などつけられない。

（ともかく、許せぬ）

のである。

この決着をつけねばとの思いは、町に役人を入れないためという、いつもの発想を超越していた。おのれの利害を超えた、如何《いかん》ともしがたい杢之助の困った性分《しょうぶん》なのだ。

足は山門前を踏んだ。門竹庵の前でもある。

――チョーン

拍子木を打ち、いつもならここから枝道に入り、各路地を巡回しながら街道まで下り、木戸の前に立つのだが、今宵は違った。

足は山門前を過ぎさらに上り坂を踏みつづけた。すでに町場は、黒い軒端《のきば》の輪郭だけを見せる伊皿子台町だ。さきほどお杉とながめた、漁火の見える往還である。

そこに歩を踏み、

（おめえ、憐《あわ》れを通り越し、面《つら》も見たかねえほどだぜ）

念じた。人為的につくられた咎人像《とがにんぞう》が決め手となって捕縛された、あの男だ。

杢之助も、その男を想像してみた。

顔の特徴？

（どんな面《つら》でも、見方によっちゃ、いかな具合にも見えらあ）

陰にこもった性質《たち》？

（引っ込み思案かい。それとも、思慮深《しりよぶか》すぎる……？）

範囲が広く、誰にでもこじつけられそうな特徴だ。

（おめえの不運とはなあ、たまたま田町の、それも高輪大木戸に近《ちけ》え裏長屋にくすぶってたってことよ）

それだけで、その者は茅場町の大番屋につながれ、小伝馬町《こでんまちょう》の牢屋敷にまわされたなら、濡れ衣はすでに整っており、打ち首は間違いないだろう。

（あってはならねえことよ。助《す》けてやるぜ）

足はすでに伊皿子台を踏み、下りになる魚籃坂に入っていた。

さきほどは酔っ払いの二人連れとすれ違ったが、木戸番人が一回目の夜まわりに出る宵五ツ（およそ午後八時）を過ぎれば、寺町と武家地に挟まれた魚籃坂に、人の気配は絶える。

まっすぐな坂に揺れているのは、杢之助の持つ提灯の灯りのみである。

それが魚籃観音の山門前で、フッと消えた。灯りを見ていた者がいて、そこが魚籃観音のあたりと分かれば、先日の若い女の死体と関連付け、

（人魂《ひとだま》……⁉）

ゾッとし、背筋を凍らせるところだろう。

見ている者はいなかった。李之助が提灯に顔を近づけ、

（ここからは木戸番人じゃのうて、特殊な役務《やくむ》を帯びた忍びの者で行くぜ）

念じ、火を吹き消したのだ。

黒い影となった李之助は、屋敷地の枝道に入った。

すでに近辺の地形には明るい。

（斎藤屋敷は起きているか。まだ気づかず寝ていやがるか。寝ていやがったなら、そのままあの世へ……、とはさせねえぜ。それじゃ罪なくして首を打たれる者が救われねえのよ）

李之助は念じながら、斎藤屋敷へ歩を進めた。

静かだ。

中はどうか。

いちど冠木門の前に立ち、板塀に沿って近辺を一巡し、それぞれの屋敷内の気配も探った。寝静まっていた。斎藤屋敷のみが、

（気配が……感じられる）

大騒動になるところを、

(懸命に抑えている)

そんな気配だ。

李之助はつぶやいた。

「さすがは板塀でも武家屋敷よ、と感心はできねえぜ」

一度外した小桟《こざる》は容易に外せる。

提灯の中に忍ばせていた竹べらを手に、しゃがみ込むなり潜り戸に低い音を立てた。開けた。そうした手際のよさは、以前にくらべ衰えていない。用心深さも、以前のとおりだ。

門内に入り、裏手にまわり、お杉が素足のまま飛び降りた庭に身を潜めた。なんと、雨戸が開いている。静かだ。近寄った。中の気配を窺《うかが》った。重苦しい。奥にも人の慌ただしく動いている気配はない。

「ふむ」

李之助はうなずいた。

屋根の下に、人の数が減っている。それを感じ取るのに、お杉の言葉が大いに役立った。

「――あたしがお屋敷からいなくなったと分かれば、その足でいずれかへ」

お杉は言ったのだ。中間二人についての動向である。

杢之助の脳裡はめぐった。

二人は斎藤家の動きに、危機というより恐怖を感じはじめていた。

家の状況については、隠居やご母堂や当主の重郎次たちより、一歩退いて冷静に見ることができる。

尋常ではない。しかも狼藉の手足に自分たちが使われている。

――同罪
その言葉が中間二人の脳裡をめぐり、話し合うなかに不安はますます募《つの》る。そのやりとりのなかに、お杉も幾度か加わったことだろう。

だから中間二人は、お杉がいなくなったのに気づくなり、

――逃走
思ったはずだ。

しかも、自分たちに黙って……。

それこそ中間二人はお杉が言ったように、〝その足でいずれかへ〟姿をくらましたのであろう。

杢之助の推測というより、お杉の指摘は当たっていた。

お杉と奥方が手水鉢のところで鉢合わせになったことを、おなじく厠に行こうとした中間の一人が気づいた。おりから不穏な空気のながれる屋敷の中で、もう一人の仲間を起こした。気になる。しばらく厠はこらえ、お杉の動きに注目した。なんとお杉は、素足のまま暗い庭に飛び降りたではないか。中間二人は顔を見合わせ、無言でうなずき合った。

あとはそっと中間部屋に戻り、荷をまとめてふたたび厠のある廊下に出向いた。雨戸は閉じられていた。奥方がお杉と申し合わせたとおり、閉めて部屋に戻ったのだ。

中間二人は雨戸を開け、庭に飛び降りた。

それからの行方は分からない。ともかく二人は、あるじに言われたこととはいえ、このあとの面倒に巻き込まれることを恐れたのだ。

奥方は歳のせいか、ふたたび厠に立った。

閉めたはずの雨戸が開いている。

不審に思い、女中部屋をのぞくと、お杉がいない。隠居は寝入っている。飯炊きの爺さんを起こして中間部屋をのぞかせた。

いない！

起こされた重郎次は仰天した。一連の事件のあとである。手足として使嗾《しそう》してきた三人が、突然いなくなった。示し合わせたか、それぞれが別々にか……、すでにどうでもいいことだった。ともかく三人の奉公人が、おなじ日に失踪したのだ。それらがどこでなにを喋《しゃべ》るか、知れたものではない。

隠居も起き出して来て、たちまち眠気を吹き飛ばした。

ふた親と重郎次は奥の一室に鳩首《きゅうしゅ》した。飯炊きの爺さんは、ただ廊下でおろおろするばかりだった。逃げ出したいができない。若い者と違い、いまさら逃げるあてもなければ寄《よ》る辺《べ》もない。老いた身で斎藤家を出ればその日から喰い詰め、路上の鉢開《はちひら》きになる以外にない。物貰《ものもら》いだ。それを思えば、いまはただ中間部屋の隅で凝《じ》っと夜明けを待つばかりである。

目付の手が入れば、斎藤家は糾弾され、おさきのみえなくなることは、この爺さんにも分かる。

一縷《いちる》の望みはある。

それをふた親と重郎次は、奥の部屋で話し合っている。

李之助の身は下駄を脱ぎ、手水鉢の横から廊下に入り込んでいた。屋内で人気《ひとけ》のない廊下を進んだ。

灯りの洩れる部屋がある。

いっそう緊張した空気が、そこから洩れている。

進んだ。足袋跣《たびはだし》だ。足音はない。

盗賊時代が脳裡をよぎる。

(いかん)

払った。少なくともいまは、保身のための影走りではない。許せない悪が目の前に展開されただけでもない。名も顔も知らないが、そやつを救わねばならない事態に、成り行きから踏み込んでしまったのだ。

聞こえる。人の声だ。

六

周囲を憚《はばか》らない、女の金切り声だ。

(この家の奥方、重郎次の母親……)

杢之助は直感した。緊急時とはいえ、この屋敷でこうした声を上げられるのは、重郎次の母親しかいない。しかもお杉の話では、いま屋敷内で女はそのご母堂一人なのだ。

さらに近づいた。

ふすまのすき間から灯りが洩れている。

座敷だ。床《とこ》の間《ま》の刀掛けに、大小の置かれているのがすき間から見える。

部屋には老夫婦にせがれ一人……、お杉から聞いたとおりの三人がそろっている。家族三人の立ち位置が、部屋の雰囲気からも感じ取れる。

ご母堂の金切り声は、それこそ部屋を圧倒し、いまにも立ち上がらんばかりの勢いだ。しかも三人とも、寝間着のままではないか。お杉もそうだったが、帯ではなく細い腰紐だ。まさしく突発事態への、なりふり構わない家族会議といったようすである。

「お杉と中間ども二人。示し合わせたに相違ありませぬ。連れ戻すのです。さあ、早《はよ》う！」

「どこへ、どこへ探しに行けばいいのです」

狼狽《ろうばい》している声は重郎次だ。

「うーむ」

低い声は、家督を重郎次に譲り隠居した父親だ。病《や》んでいるのか、口調に覇気《はき》がない。

「あの者たち、女中も中間も、確か寺町の小政屋から来たと思ったが。そこに当たれば、なにか判ろうかも知れんなあ」

「なりませぬ！　お家の内所を外へ洩らすなど!!」

母親の声だ。

「し、しかし」

重郎次は混乱し、あとの言葉がない。隠居の父親も、黙している。

母親はまた声を上げる。

「さあ。二人とも、なにを凝《じ》っとしているのです。いますぐ、お杉たちを連れ戻してくるのですっ」

奉公人たちの逃げたことに動顚《どうてん》している。お杉たちがどこへ逃げたか、中間も一緒かどうかも分からない。ただおのれの思ったことを、なんの根拠もなくまくし立てているにすぎない。

李之助は、

（ん？）

背後に人の息遣《いきづか》いを感じた。灯《あか》りまで手にしているのは、〝敵〟ではないことを示していようか。それでも杢之助は即座に足技をくり出せる態勢を取り、そっとふり返った。手燭を持った年寄りが一人、杢之助は即座にそれが行き場のない飯炊きの爺さんだと直感した。

爺さんは一度、身を退き中間部屋の隅にうずくまったが、座敷のようすが気になり、手燭を手に出て来たのだった。そこに部屋の中をうかがう黒い人影を見た。刀を帯びず、手拭いで頬かぶりなどをしているうしろ姿に、恐怖よりもむしろ親近感を覚えた。

杢之助は、この爺さんも、

(天の配剤か)

感じ取り、手招きした。

爺さんは操《あやつ》り人形のようにそろりそろりと近寄り、杢之助の横に座を取った。

まさしく天祐《てんゆう》だった。

杢之助は、

「しーっ」

まず叱声を低く吐き、

「案ずるな。ご公儀の徒歩目付《かちめつけ》だ」

杢之助の一世一代の身分詐称《さしょう》だ。

「この屋敷の飯炊きだな」

「へ、へえ」

「おまえのことは調べがついておる。悪いようにはせぬ。そこへ暫時《ざんじ》控《ひか》えておれ」

「は、ははっ」

飯炊きの爺さんは手燭を手に、その場に硬直した。

幕府で大名家を管掌《かんしょう》するのは大目付《おおめつけ》で、旗本を取り締まるのが目付衆で、その目付一人ひとりに、手足となって旗本屋敷に目を光らせる徒歩目付が幾人かついていることを、武家屋敷の奉公人なら知っている。武家屋敷の奉公人たちはそれを〝お徒歩《かち》さま〟と称《よ》び、警戒の対象としている。いまそれを名乗られ、萎縮し身を硬直させても不思議はない。

杢之助と飯炊きの爺さんとのやりとりは、ほんの一瞬だった。爺さんは杢之助に従い、ふすまのすき間から中をのぞき込んだ。主筋三人の緊急のやりとりの場で、声も聞こえる。いずれも興奮のあまり、廊下の動きに気づくことはなかった。

「逃げた奉公人たちは、いまも一緒のはずです」

金切り声はなおも言っている。

「もしご公儀に駈け込み、釣り舟の件から魚籃観音は山門前のこと、つくったうわさを奉公人たちに田町のほうまでながさせたこと、これらすべてを喋《しゃべ》ったら斎藤家はどうなります。播磨屋との縁組どころか、重郎次どのは切腹さえ許されず打ち首となり、お家は断絶ですぞ!!」

「なにをおっしゃいます、母上! あれらはすべて、母上の差配《さはい》どおりにっ」

「そなたが、よその女中を孕《はら》ませるからじゃ。それをなかったことにするには、あする以外にぃっ」

金切り声はさらに高くなり、

「たれかーっ、うちの女中一人と中間二人、知りませぬかーっ」

叫びながら部屋の外へ飛び出そうとする。

「奥よ! 狂うたな!?」

隠居が初めて強い口調を絞り出した。その声の終わらぬうちに立ち上がって奥方に飛びかかり、両手で首を絞めるなり組打ちのかたちで、

「あぁぁ」

奥方の悲鳴ではなく、うめき声だった。倒れざまに隠居は明らかに殺意があった

か、その首を両手で絞めたままねじ切るようにひねっていた。

二人はそろって倒れ込んだ。奥方は首をひねられたとき、すでに息絶えていた。

「あああ」

ふすまの外で、声を出そうとする飯炊きの爺さんの口を李之助は封じ、

「よく見ておくのだっ」

みずからは部屋に飛び込む態勢を取った。

思いも寄らない展開である。

李之助が飯炊きの爺さんを突き放し、部屋に飛び込もうとしたときだった。

「母上っ」

重郎次は叫ぶなり床の間の刀掛けから大刀を引きつかみ、若さの勢いか鞘《さや》を払うなり、

「父上なれど、許せませぬっ」

李之助は驚愕した。飛び込んで一撃の下に重郎次を斃《たお》し、隠居に〝徒歩目付《かちめつけ》〟を名乗り、重郎次を切腹に見せかけ、

『ご隠居の手で、斎藤家の最後の名誉だけは護りなされ』

と、説得というより強制的に持ちかける算段だった。この策はいましがた、飯炊

きの爺さんに思わず〝徒歩目付〟を詐称したとき、とっさに閃《ひらめ》いたものだった。

隠居に分別があれば、それは成功するはずだった。

事態が杢之助が飛び出さないまま推移したのでは、重郎次は切腹は許されず、斬首刑となるだろう。切腹とは武士の名誉を護るための行為である。死罪にあたる罪を犯しても、武士は人に裁《さば》かれず自裁《じさい》する能力がある、という武士のみに認められた特権である。自裁であれば、その者の名誉は保たれ、累《るい》が親兄弟に及ぶことはない。自裁できず他人に裁かれるなど、武士としてこの上ない恥辱《ちじょく》なのだ。

息子をそそのかした母親を父親が成敗した。自訴《じそ》すれば、切腹は認められ、自裁できない一般庶民のように、他人の手で斬首されることはないだろう。

処置を誤り、処断される者を一人でも出せば、親戚にまで累の及ぶことは必定《ひつじょう》となる。不意に現れた〝徒歩目付〟の言うとおり、重郎次の死体を切腹に細工し、せがれに悪事をそそのかした奥方も成敗し、監督不行き届きを認め自裁を願い出れば、認められることもまた必定だろう。そこは杢之助より武士である斎藤家の隠居のほうが詳しいはずである。

その算段を、重郎次がみずから潰《つぶ》してしまった。さいわいだったのは、

「きぇーっ」

重郎次が大刀を突きの構えに踏み込んだのを、すべてに絶望した隠居がかわすことなく、正面から受けたことだった。大刀は隠居の腹に喰い込み、切っ先は背に出た。

このとき杢之助は動顚し、飯炊きの爺さんを突き放したところまでは策のとおりだったが、

（許せぬ！）

憤怒《ふんぬ》の情がすべてに勝《まさ》った。

部屋に飛び込んだとき、生きている者は重郎次一人となっていたのだ。

「許せんぞーっ」

杢之助は叫んだ。

「なにやつ！」

仰天した重郎次は刀の柄《つか》を持つ手を放し、声のほうへふり向いた。腹を貫《つらぬ》かれた隠居は即死だったか、その場に崩れ落ちる。

重郎次は事態の推移が理解できていない。飛び込んで来た相手が、父親である隠居とおなじほどの年寄りで、かつ丸腰であることは看《み》て取《と》っていた。

「死んだ女人衆《にょにんしゅう》が無念、晴らさん！」

飛び込んだ杢之助の声が響き、その身は重郎次の一歩手前に止まるなり、左足を軸に右足が宙に弧《こ》を描き、

「な、な、なに!?」

――バシッ

甲が重郎次の首筋を強く打ち据え、重郎次の声は、

「うぐっ」

うめきに変わり、廊下に残っていた飯炊きの爺さんの耳にも聞こえた。

重郎次の身は、宙を舞った杢之助の右足が畳に戻るのへ引き込まれるように、その場に崩れ落ちた。首筋を打たれ骨が砕けた衝撃で即死か、息はなかった。

すべてを、飯炊きの爺さんは見ていた。

七

遠くに点々と漁火《いさりび》が揺れている。

いま杢之助の足は袖ケ浦を一望できる伊皿子台を踏んでいる。そこには暗い世界が広がるのみで、認識できるのは、いまにも闇に消え入りそうな、かすかに揺れる

灯りのみである。

(今宵、三人か……)

思った瞬間、点々とした灯りが今宵の人魂《ひとだま》のように見えた。

つぶやいた。

「お三方《さんかた》とも、成仏《じょうぶつ》しなせえ……、とは言えやせんぜ」

踏む足に瞬時、重郎次の首の骨を砕《くだ》いたときの感触が戻ってきた。

座敷で重郎次の身が崩れ落ちると、杢之助は廊下で手燭を持ったまま硬直している爺さんの腕をつかんで部屋に引っぱり込み、

「――見てのとおりだ。これをお上《かみ》に証言できるのは、この世でおめえさん一人だ。心して聞きなせえ」

言うと重郎次の死体を斬死《きりじに》に見せ、このあと隠居が老妻の首をひねり、みずからも大刀を腹に突き立て、うつぶせに倒れこんだかたちをつくった。

飯炊きの爺さんは〝徒歩目付〟に言われるまま無言で手伝った。

ご隠居が奥方を殺害した理由は、これまでそばでつぶさに見ており、一番よく知っているのだ。

〝徒歩目付〟の李之助は言った。

「──儂はこの場に端《はな》からいなかったことにしよう。おめえはまずとなりの屋敷にこの事態を知らせるのだ。あしたにもお城からお目付が出張《でば》って来なさろう。そのとき、さっき話したとおりに証言するのだ。斎藤家の最後の名誉を護り、親戚や縁組の話があった他家の安泰をも図るには、それ以外にねえ。おめえ、何十年もこの家に仕えていると聞くが、これがおめえの最後のご奉公だ」

「──へえ」

飯炊きの爺さんは、初めて返事を声に出した。

念を押した。李之助にとって、これが一番大事な箇所なのだ。

「──いいかい、あくまでお城のお目付衆にゃ、ここのご隠居の差配でこうなったと話すんだ。徒歩目付に踏み込まれてこうなったなどは、おめえが墓場に持って行くんだ。ご隠居も、きっとそれを望んでいなさろうよ」

飯炊きの爺さんは返した。

「──へえ、そう甘えさせていただきやす。したが、徒歩目付の旦那、どうしてそこまで斎藤家に……？」

「──ふふふ、嫌なことを訊くねえ。むかし、ここのご隠居に救われたことがあるからとでも、言っておこうかい」

「――分かりやした。あっしもむかし、野垂《のた》れ死にしてもおかしくねえところ、この旦那に拾われやしたので。旦那さまもわしも、まだ若《わけ》えころでやした」

「――似てるなあ」

李之助は返し、冠木門の潜り戸から出るとき、飯炊きの爺さんは往還まで出て見送った。李之助は言った。

「――ははは、この木戸番人姿なあ、儂の十八番《おはこ》でよ」

飯炊きの爺さんは無言でうなずいていた。


足は泉岳寺の門前に入った。

「ちょうどいい」

李之助はつぶやき、提灯の棒を帯に差し、

――チョーン
拍子木をひと打ちした。

泉岳寺の鐘が、今宵最後になる夜四ツ（およそ午後十時）を打ち始めたのだ。

「火のーよーじん、さっしゃりましょーっ」

口上を述べながら坂道を下った。

播磨屋の前を過ぎた。

木戸番小屋に灯りのあるのが視認できる。

（翔右衛門旦那、まだいてくだすったかい）

思いながら通り越し、街道に出ていま下りて来た坂道に向きなおり、ふかぶかと辞儀《じぎ》をし、

――チョーン
また拍子木をひと打ちし、

「よいしょ」

泉岳寺門前町の街道に面した木戸を閉めた。

これで木戸番人の、きょう一日の仕事は終わった。

「旦那、いま帰《けえ》りやした。申しわけありやせん。ちょいと魚籃坂のほうまで足を延ばしておりやして」

「ほうほう。それはよかった。こちらも預かったお杉さんは、播磨屋の番頭さんに迎えに来てもらいましてな。今宵は播磨屋さんの大事なお客さんに、な」

と、互いにそのあとを語る。

杢之助は斎藤屋敷の一件を、

「外からじゃ詳しゅうにゃ分かりやせんが、一応の決着はついたようで、あすにはお城のお役人が入りなさるかも知れやせん。へえ、こちらの播磨屋さんは一切係り合いのねえことでござんして」

と、説明し、翔右衛門も播磨屋の件を、

「詳しく知る客を迎え、武吉さんもお紗枝さんも、これでお紗希ちゃんの目を覚まさせられると、大よろこびでしたじゃ」

互いにそれ以上は踏み込まなかった。


翌日の夕刻だった。ひと仕事を終え、風呂にも浸かった嘉助、耕助、蓑助の二本松一家の三人衆が、

「ねぐらに帰《けえ》ってから、きょうまわったのが魚籃坂の屋敷地だと話したらよ……」

「丑蔵親方がよう、日向亭で煎餅か団子でも喰って来いって小遣いまでくれてよ。まったく子供扱いだぜ」

と、木戸番小屋の向かいの縁台に腰を下ろした。一番若い蓑助が挨拶代わりに木戸番小屋に声を入れ、杢之助が出て来て、

「おう、おめえら、きょうの稼ぎは魚籃坂の屋敷地だったって？　で、なにかおもしれえ話は落ちてなかったかい」

おなじ縁台に腰かけた。

嘉助が応えた。

「落ちてたことは落ちてたが、どうもおかしい。屋敷のご隠居が奥方やご子息を成敗なされ、ご自分も切腹して果てたとか。わけが分からねえが、近所のお屋敷の話じゃ、なんでも武士の面目をまっとうされたとかされなかったとか」

「詳しく訊こうとすると、なぜかよそ者の邪魔扱《じゃまあつか》いにされてよ」

耕助がつないだ。

「ほう、そういう話がころがっていましたか」

と、暖簾の中から翔右衛門まで出て来て、

「お千佳、このお客さんたちに団子をひと串かふた串、私のおごりで」

「あら、みなさん。よかったですねえ」

縁台に出ていたお千佳が盆を小脇に、

「おー、旦那！」

三人衆の歓声を背に、暖簾の中に駈け込んだ。

李之助も若い三人衆と一緒に縁台に座っている。その三人衆の話から、すべてを覚《さと》った。おそらく親方の丑蔵はそれを李之助に知らせるため、三人衆を日向亭に差し向けたのだろう。

李之助は秘かに思った。

（あの飯炊きの爺さん、さすがだぜ。斎藤家の名誉をよく護りなすった）

この爺さんについては翌日の午過《ひるす》ぎ、三田寺町から小政屋惣吾郎が播磨屋へ、お杉の身の振り方について話し合いに来たとき木戸番小屋にも顔を出し、

「当人の希望もあって、江戸のいずれか高輪や三田から離れたところで、奉公口を找《さが》すつもりでしてな」

と、言っていた。李之助の胸中には、ホッとするものがながれた。新たな奉公先が高輪や三田なら、いつまた路上で出会わないとも限らない。飯炊きの爺さんにとっては、あの日の木戸番人姿の、身のこなしの素早い人物は、あくまでもご公儀の〝徒歩目付〟なのだ。

それよりも李之助にとって嬉しかったのは、お城から事件の検証に出張《でば》って来た正副の目付がそろって、飯炊きが逃亡せず顚末《てんまつ》の一部始終を語ったことを、

「――冷静沈着にして、これこそ忠義の下僕《げぼく》」

と、褒《ほ》めたということだった。目付の言葉は、小政屋が新たな奉公先に口入れするのに、大きく役立つはずだ。ちなみに、飯炊きの爺さんが語った一部始終とは、杢之助の立てた策そのものだった。もちろん爺さんは、徒歩目付に踏み込まれたなど、ひと言も口にしなかった。

中間二人の行方は、小政屋も知らないそうだ。この二人については、杢之助もまったく面識がないから、どこに行こうとそれほど気にはならない。

肝心のお杉だが、播磨屋はこのまま仲居として住み込んでもらいたいと思っているが、やはり当人は飯炊きの爺さんとおなじで、いずれか遠くへ行きたがっているらしい。

「――お杉さんなら安心してどこにでも口入れできますよ。当人の意向に沿って、いずれ離れた土地にと思っておりましてなあ」

小政屋惣吾郎は言っていた。

その日の夕刻近くだった。

権助駕籠が帰って来た。

おりよく杢之助が日向亭の縁台に出て、お千佳と話しているときだった。その話というのが、杢之助には得心の行くものだった。

品のありそうな町娘が一人、年増の女中に付き添われ、街道から門前通りに入って来た。お千佳が軽く会釈をすると、町娘と女中もそれに応じ、日向亭の前を通り過ぎて上り坂に入った。

その背に杢之助はちらと視線を向け、

「目鼻の整った娘御じゃねえか。お付きの女中まで従え、どちらのお嬢さんだい」

「あら、いやですよう。木戸番さんのくせに、知らないんですか。ほら、播磨屋さんの、器量よしで評判のお紗希さんじゃないですか」

「ほっ」

思わず杢之助は声を上げた。

ただそれだけで、杢之助とお千佳のあいだで、お紗希が話題になることはなかった。そのほうにもホッとするものを感じた。魚籃坂の屋敷地でおととい消滅した武家との縁談の話は、外には洩れていなかった。

――なかったことに。

播磨屋武吉、門竹庵細兵衛、日向亭翔右衛門らがいち早く鳩首《きゅうしゅ》し、そう決めたようだ。さきほどのお紗希の顔色を見ると、当人も納得したようだ。それにお紗希も付き添いの女中も、いま通り過ぎた木戸番小屋の番人が、斎藤家に乗り込み無類の影走りをしたことなど、微塵《みじん》も知らないようだ。

（ふふふ、それでいいんだぜ）

李之助はお千佳にも覚られないよう、独《ひと》り胸中に微笑《ほほえ》んだ。

権助駕籠である。

「おう、木戸番さん。こっちだったかい。ちょうどよかったぜ」

「いま行こうとしてたんでさあ」

前棒《まえぼう》の権十が言ったのへ後棒《あとぼう》の助八がつなぎ、縁台の前に駕籠尻を着けた。

「あらあら、きょうは縁台のほうがさきね。お茶、いま淹《い》れますから」

お千佳が盆を小脇に暖簾の中に駈け込んだ。

疲れていたのか権十と助八は、李之助の両脇に崩れ込むように腰を投げ下ろし、

「なにやら知らねえが、ずっとめえの釣り舟の死体よ、ほんとうの咎人《とがにん》が挙げられたとかで、まえにお縄になったのが晴れて解放《ときはな》しになるってよ」

「それがきょうで、田町の町役さんや長屋の家主さんらがお奉行所へ引き取りに行ったってよ」

「まったくめでてえような、逆に腹立たしいような。みょうな気分だぜ」

交互に言う。

「ま、冤罪《えんざい》が晴れて、めでてえじゃねえか。で、新たに挙げられた咎人て、どんなやつなんだい」

李之助の問いに権十が、

「あっ。それ、聞いていなかった」

「そんなの、もう誰だっていいよ。ともかく人ひとり、濡れ衣を着せられ打ち首になるのをまぬがれたんだ。やはり、めでてえぜ」

助八がつないだ。

お千佳が盆に人数分の湯呑みを載せ、暖簾から出て来た。

「あら、楽しそうね。なにかいい話でもありましたのか？」

「ああ、すごくいい話だ」

李之助が皺枯《しわが》れ声を弾《はず》ませた。

ながれ大工の仙蔵が木戸番小屋に顔を見せたのは、その翌日だった。

道具箱を肩から下ろし、すり切れ畳に腰を据えて言った。

「あの魚籃坂の屋敷地よ、なにやら一連の女殺しの咎人が挙げられたというが、どうもよく分からねえ。魚籃坂と泉岳寺門前町じゃ、離れているようで離れていねえ。木戸番さん、なにか聞いちゃいねえかい」

「聞いているっちゃ聞いているが、駕籠舁《かごか》きさんや行商のお人らから聞いた程度の話さ」

李之助は前置きし、

(この仙蔵なるながれ大工《でえく》、顚末《てんまつ》を知らねえとは、徒歩目付《かちめつけ》じゃあるめえ。ならば火盗改《かとうあらため》の密偵？　危ねえ)

身を引き締めた。

天保九年（一八三八）はすでに水無月《みなづき》（六月）に入ろうとしていた。

光文社文庫

文庫書下ろし／傑作時代小説
魚《ぎょ》籃《らん》坂《ざか》の成《せい》敗《ばい》　新《しん》・木《き》戸《ど》番《ばん》影《かげ》始《し》末《まつ》㈡
著　者　喜《き》　安《やす》　幸《ゆき》　夫《お》

2021年9月20日　初版1刷発行

発行者　鈴　木　広　和
印　刷　豊　国　印　刷
製　本　榎　本　製　本

発行所　株式会社　光　文　社
〒112-8011　東京都文京区音羽1-16-6
電話　(03)5395-8149　編　集　部
8116　書籍販売部
8125　業　務　部

落丁本・乱丁本は業務部にご連絡くだされば、お取替えいたします。
ISBN978-4-334-79248-0　Printed in Japan

組版　萩原印刷

光文社時代小説文庫　好評既刊